名家解读中外文学名著书系

主 编 傅璇琮 彭定安 刘继才

《雷雨》全新解读

耿宝石 编著

东北大学出版社

·沈 阳·

图书在版编目（CIP）数据

《雷雨》全新解读/耿宝石编著 . —沈阳：东北大学出版社，
2014. 3（2025. 1 重印）
（名家解读中外文学名著书系/傅璇琮，彭定安，刘继才主编）
ISBN 978-7-5517-0370-3

Ⅰ. ①雷… Ⅱ. ①耿… Ⅲ. ①话剧剧本—文学研究—中国—现代 Ⅳ. ①I207. 34

中国版本图书馆 CIP 数据核字（2013）第 159482 号

出 版 者：东北大学出版社
　　　　　地址：沈阳市和平区文化路 3 号巷 11 号
　　　　　邮编：110819
　　　　　电话：024 – 83687331（市场部）　83680267（社务室）
　　　　　传真：024 – 83680180（市场部）　83680265（社务室）
　　　　　网址：http：//www. neupress. com
　　　　　E-mail：neuph@ neupress. com
印 刷 者：三河市万龙印装有限公司
发 行 者：东北大学出版社
幅面尺寸：160mm×230mm
印　　张：11. 5
字　　数：139 千字
出版时间：2014 年 3 月第 1 版
印刷时间：2025 年 1 月第 3 次印刷
组稿编辑：郭爱民
责任编辑：潘佳宁　　　　　　　　　　　　责任校对：叶　子
封面设计：刘江旸　　　　　　　　　　　　责任出版：唐敏志

ISBN 978-7-5517-0370-3　　　　　　　　定　价：23. 00 元

花季正宜读好书

——《名家解读中外文学名著书系》总序

　　读书是一件愉快的事儿，我们要高高兴兴地去读。东晋的陶渊明说："开卷有得，便欣然忘食。"（《与子俨等书》）南宋的胡仔在谈到读书时也说："盖其辞意典雅，读之者悦然。"（《苕溪渔隐丛话》）因此，林语堂先生把读书列为娱乐范畴。他说，读书是文明生活中人所共识的一种乐趣，极为无福消受这一乐趣的人所羡慕。他认为，读书不能首先树立一个什么崇高的目标，然后才硬着头皮去读，那样一切乐趣会完全失掉。但是在现实生活中，我们读书还是有正当需求的，这与乐趣并不矛盾。现在不少青少年似乎没有享受到读书的乐趣，他们往往把读书当成了苦差事。这当然有一个过程，读书是可由苦而乐的。

　　读书基本可以分成两大类：一类是生存阅读，一类是性情阅读。现在，生存阅读类的实用书很多，如应试、推销等的图书充斥书店。而不为功利或淡化功利色彩、属于性情阅读类的图书则较少。最近，教育部建议的中学生课外读物就基本属于性情阅读类图书。这些图书与应试教育的教辅读物大不相同。学生阅读这些名著不像读教辅读物那样仅仅为了应付考试，以求立竿见影地提高考试成绩；但是通过阅读大

1

量中外文学名著，可以潜移默化地提高学生的语文素质和语文能力，并会陶冶情操，领悟做人的道理，对其一生的成长都具有重要意义。从这个意义上说，这些必读书与一般的性情阅读类图书又略有不同。它不是提倡青少年随意消遣式阅读，而是有选择、有目的地去阅读。开始时，虽然没有急功近利的目的，但读后却大有裨益。

要使读书真正成为一件乐事，就要选择自己喜欢的书去读。教育部建议的中学生课外读物，固然都是当读之书；但是选取的面还不够宽，某些书的内容也不免有些沉重。为此，我们遴选并编辑了这套《名家解读中外文学名著书系》，除了包括教育部建议的中学生课外阅读书目，又适当扩充，共30本。这样就为青少年选择自己喜欢的书，提供了更大的余地。青少年选择有趣的书去读，就会读出兴趣来。长期坚持下去，就会培养出自己的读书兴趣。兴趣渐浓，逐渐成"瘾"；一俟上"瘾"，即会变成自觉行动，不再当作苦差事。对此，鲁迅先生曾作妙喻，他说读书如打牌，"真打牌的人的目的并不在赢钱，而在有趣。……它妙在一张一张地摸起来，永远变化无穷。我想凡嗜好读书的，能够手不释卷的原因也就是这样。他在每一页每一页里，都得到深厚的趣味。自然，也可以扩大精神，增加智识的，但这些倒都不计及，一计及，便等于意在赢钱的赌徒了，这在赌徒之中也算下品。"（《鲁迅全集》第3卷第439页）

古今学者以愉悦为读书的基本标准，是一种诚实的态度。一本书，无论专家说它怎么好、如何重要，如果读后不能令我们愉悦，我们就不愿意读下去。不去读它，又怎能产生共鸣，获得知识和享受呢？特别是文学作品，其本身并无实用。只有读过，才能陶冶性情，使生活更加充实。因此，读书也是一种交流。书籍只有通过与读者交流，才能产生价值。

据调查，现在青少年离世界文学名著越来越远了。其原因主要有三：一是学业负担过重，出于功利目的，学生一般都拒绝与考试无关的阅读；二是现代文化多元化，学生往往选择电视、网络等轻松的方式作为课余的休闲；三是有些名著年代久远，因缺乏必要的解读，致使学生不易读懂。针对上述情况，我们在编写丛书时，要求作者至少做到"五化"，即将名著深层化、外展化、立体化、时代化和生活化。

——将名著深层化。要挖掘作品的深层含义，而不是简单地归纳作品的主题。本着形象大于思想的原则，从形象入手，分析作品的多重主题。既阐述作者的主观意图，又揭示作品的客观意义。

——将名著外展化。不要就作品论作品，而应适当地说开去。例如：有的名著，可写其创作的缘起故事；有的写读者的接受过程，或介绍某一名著对读者性格形成及其成长的影响等；有的可写不同读者对名著的不同感受，等等。

——将名著立体化。本"书系"对文学名著的展示不是平面的，而是立体的、全方位的。不仅从时间上横贯古今，而且在地域上沟通中外。为此，我们一是运用生动、形象的语言，给读者以形象感；二是着重对人物的个性分析，使人物形象化。

——将名著时代化。所谓时代化，主要指将名著作当代转化与深加工，挖掘其在今天的时代价值与历史意义。本"书系"要求既要说深说透，又要恰到好处，避免牵强附会地去寻找作品的所谓现实意义。

——将名著生活化。对名著的阐释要尽量贴近我们的生活，使读者感到名著就在身边，与我们的日常生活息息相关。例如：在评述作品的影响时，顺便指出从名著引出的成语和典故等；但是将名著生活化，并不等于将其庸俗化、琐碎化，而是要做到既有趣味，又有意义。

我们的愿望是好的，但要实现这些愿望并非易事。"暨乎成篇，半折心始"。因此，书中如有不当之处，恳请读者和同行专家不吝赐教，以便再版时改正。

勤学苦岁晚，读书趁年华。值此第 20 个"世界读书日"即将到来之际，我们祝愿中学生朋友在花季里，迎着朝阳，沐浴春风，愉快地读书，让自己的青春大放光彩！

《名家解读中外文学名著书系》编委会

2014 年 3 月

目　录

上篇　引言：
戏剧大师的"雷雨"时代

一、曹禺的戏剧人生

过去戏台上常贴一副对联，上联是"舞台小天地"，下联是"天地大舞台"。曹禺的一生以戏剧为生命，与舞台结下了不解之缘。他的生活舞台演绎着戏剧春秋，他的艺术世界展示了丰富人生。他自幼出入戏院，流连剧场，是个地地道道的小戏迷。读书期间，他参加新剧社，组织文学团体，演戏、导戏、编戏、翻译戏、创作戏，一举成为20世纪30年代剧坛明星。他终生以戏剧为专业，倾注毕生心血和才智，为后人留下了一批弥足珍贵的戏剧经典，跻身于世界戏剧大师之林，举世瞩目、彪炳千秋。他追求诗意美，喜欢浪漫感伤的情调，一生充满了戏剧传奇。对曹禺的生平最恰如其分的概括是：戏剧大师的戏剧人生。

（一）孤独苦闷的童年

宣统二年（1910 年），是清王朝覆灭的前一年。这一年中秋节刚过不久，公历 9 月 24 日，农历八月二十一，天津意租界小白楼附近的万公馆内一片喜气洋洋。直隶卫队标统万德尊新添贵子，全家人欢天喜地。老祖母兴高采烈，为刚出世的孙子起了个又赫亮又有深意的好名字：家宝。家宝者，乃万氏家族之宝也。这个名字象征着大吉大利、大富大贵，辉煌门庭、光宗耀祖。万家宝，字小石，是按照父亲的字排下来的（父亲字宗石）。万家还特地请通晓五行八卦、熟谙算命测字的阴阳先生起了个乳名，叫添甲。

甲是天干的第一位，居十干之首，取"天下第一"的意思。这个小名意味着读书进士，则蟾宫折桂、独占鳌头，富甲天下、前程似锦。全家期望这个男孩将来有出息、担重任，成为栋梁之材。长辈的企盼、祝愿果真实现了。这个孩子，就是当今驰誉中外的戏剧大师曹禺。

小家宝，祖籍湖北潜江县。据说，在明朝万历年间，江西省南昌府九龙街石门限万庄，有一名武官叫万邦，因为当时天下动荡不安，便宦游到今天的湖北省潜江县定居下来。岁月如流，繁衍生息，万氏成为人口众多的大家族。小家宝祖系这一支最穷，曾祖父万际云命途多舛，在赴任途中受随行同伴眼疾传染，突然双目失明，只得回家重操祖先遗业，又当起私塾先生，穷困潦倒一生。小家宝的祖父万启文，自幼为教私塾的父亲笔录讲义，后来也继承父业，以授课为业养家糊口。万启文的妻子杨氏是聋哑人，她生下一子，名德尊，是小家宝的父亲，代代苦读诗书，而辈辈坐私塾先生的冷板凳。一直不得发迹的家庭命运，使万德尊幼小心灵受到强烈刺激，他感受到家庭仕途失败的耻辱，体验到贫困人家生活的清苦和艰辛。他自幼蒙发壮志，后来决心更大，要凭着刻苦攻读进入仕途，振兴家业、光宗耀祖。万德尊天资聪颖，在乡里有"神童"之称，15岁考中秀才，一时传为佳话。后来考进张之洞创办的两湖书院，书院每月发四两银子的津贴，他省出一半寄回家中接济家用。清朝末年，清政府选派留学生到日本去。光绪十年（1904年）初，万德尊以大清国官费留学生身份抵达日本东京，先入日本振武学校，毕业后又进日本陆军士官学校学习。这所陆军士官学校建校较早，很有名气。万德尊是该校第四届毕业生，与军阀阎锡山是同学。

万德尊于1909年初学成回国，被委以军职。当时直隶总督端方对他很器重，任命他为天津直隶卫队的标统。标统，按今天的

《雷雨》全新解读

军职级别，相当于团长。辛亥革命后，北洋军阀袁世凯窃取中华民国政府大总统后，万德尊等一批原清朝的武官不仅没被赶下台，反而摇身一变为中华民国的高级军职。万德尊被授予陆军中将军衔，一度被派往宣化任镇守使（相当于师长）。黎元洪当大总统时，他做过黎元洪的秘书。黎元洪下野后，"树倒猢狲散"，他也随之丢官，避居天津，从此赋闲在家，当了寓公，一蹶不振。那时，他才40岁。万德尊原本不愿当武官，而喜欢舞文弄墨，因此常有怀才不遇之感，内心深处潜隐着苦恼和忧郁。而今丢官，心情更糟，于是整天和几个朋友饮酒赋诗，或躺在烟榻上吸鸦片，在喷云吐雾中消磨时光，用酒精烟毒麻醉自己。他发脾气、摔东西，打骂下人、训斥子女，看什么都不顺眼，内心苦闷极了。这给家庭带来沉闷的空气，对子弟形成沉重压力，苦闷、忧郁侵蚀着小家宝一颗稚嫩的童心。

小家宝虽然生在官宦人家，也受到长辈的关爱，但他一落地，在襁褓中，就遭到不幸。生母薛夫人产后先是发烧，继而腹痛，剧烈腰疼。高烧不退，饮食不进，仅三天就亡故了。她得的是产褥热，因感染引起，在那个年代是妇女致命的一大顽症。家宝的母亲死后，万德尊把小姨子从武昌接来照看家宝。家宝的小姨叫薛咏南，是家宝母亲的孪生妹妹。姐妹俩同胎生，长相也酷似。不久，这位小姨子就和姐夫万德尊结婚了，成为家宝的继母。她终生未生育，对家宝非常疼爱，像对待自己亲生的孩子似的。虽然家宝有保姆，念私塾后有书童，但她总是亲自料理家宝的饮食起居。

家宝五六岁时，发生了一件对他一生产生巨大影响的事情。万德尊丢官后，把一个叫刘门君的随身马弁带回天津家中，留作贴身佣人。家宝母亲死后，由刘门君的妻子刘氏做奶妈。这奶妈在万家的地位很特殊，不仅在所有的仆人之上，有时主人也要让她几分。有一次，刘氏因向家宝继母要钱物没有得到满足，于是与家宝继母吵闹起来。由此刘氏怀恨在心，伺机报复。一天，她把才五六岁的家宝叫在身边，唤着他的小名，偷偷地对他说："添甲，你知道你的亲妈吗？你现在这个妈不是你的亲妈，你的亲妈生下你三天，就得病死了。"生性聪颖的家宝是个早熟早慧的孩子，这个消息像晴天霹雳一样深深地刺伤了他幼小的心，他萌生了失去生母的悲哀和痛苦。随着年龄的增长，这苦闷、忧郁在蔓延和扩展。每当谈及生下他三天母亲病故的事，他就非常难过。他常说："我从小失去了自己的母亲，心里是十分孤单和寂寞的。"直到晚年，一提起生母，他仍然无限怀念和悲伤。小时候，他喜欢在自家二楼的平台上，聆听海河那边教堂传来的悠扬、缓慢的钟声；伫立在铁道旁，久久地目送着远去的火车，直到它消逝在苍茫的远方；黄昏时看落日西沉，听悲凉的军号；独自跑向后山，默默守望高大而神秘、鬼气森森的"神树"；躲进书房，徜徉在书的海洋中……这些总是在他的心海里荡起孤独和哀伤的涟漪。

万德尊中年落魄，心灰意冷，潦倒不堪，难免喜怒无常。他因家宝过早丧母，给了家宝深深的父爱，疼爱有加。每当小家宝睡了，他就亲亲家宝的小脸；常背着家宝在屋里走来走去；总是带家宝去浴池洗澡，为孩子搓背，然后背回家。但他的粗暴、专横也给家宝留下了在记忆中抹不去的印象。一天，家宝见父亲回来，就高高兴兴地迎了上去；可是父亲却满脸怒气，也许是在外边遇到不顺心的事儿了。他让家宝背书，家宝早吓得魂飞魄散，哪里还背得出来？正在惊恐中，父亲抡起巴掌，"啪"的一声，家宝惊呆了。后来他回忆说："父亲这个人真是让我们非常不理解他。他这一巴掌，常使我联想起《朝花夕拾》中鲁迅写《父亲的病》中那种扼杀儿童心灵的情景。"

家宝有个保姆段妈，她是一位不到40岁的农村妇女，陪家宝

《雷雨》全新解读

睡觉，有时睡不着，她就给家宝讲她家里的一些事。她父亲、母亲是饿死的；丈夫是个庄稼人，因还不清地主的债，交不起租，被地主活活打死；他的公公、婆婆，因儿子惨死，也先后自缢身亡；段妈唯一的儿子，因顶撞财主遭毒打，没钱医伤，伤口溃烂爬满蛆虫，最后活活疼死了；剩下段妈孤身一人逃到天津做佣工。段妈边讲边流泪，家宝也陪着落泪。家宝从段妈的悲惨遭遇中，开始懂得了人间的苦惨、富人和恶人的凶残。他的心中所负载的已远远不是个人的痛苦和忧伤了。一次，他父亲让他作诗，他竟吟出了"大雪纷纷下，穷人归无家"两句诗。家宝的父亲一再告诉他，他是"窭人之子"。窭是贫穷的意思，湖北省潜江县一带的方言，称穷人为窭人，窭人之子就是穷人的儿子、穷人的后代。家宝在段妈这个人生第一位启蒙老师的教导下，开始体味到窭人之子的真情实感和深沉的爱憎。

（二）看戏演戏与写戏

家宝自幼生活在浓厚的戏剧艺术的氛围中。家宝的继母是个铁杆戏迷，不管什么戏，不论雅俗文野，不择文戏武戏，有戏就看。什么京戏、昆腔、唐山落子、河北梆子、山西梆子、京韵大鼓，以及各种曲艺和文明戏都喜欢看。还在戏院里订了包厢。家宝才3岁，继母就把他带进戏院，坐在保姆怀里看戏；稍大一些，家宝站在凳子上看；再长大些，便自己坐着看戏了。三通锣鼓过后，开戏了。武生翻着跟头上场亮相，对打，展闪腾挪，刀枪并举，挥鞭舞剑；大花脸登台了，威武雄壮，一声拖腔震撼屋宇；俊美的花旦，风流小生，卿卿我我，情意绵绵；青衣令人悲酸，小丑逗人捧腹……家宝继母时而感叹时而喝彩，家宝也看得入迷，走进了艺术天地。他们常常是午饭后进戏园，直到掌灯了戏才煞场。年复一年，家宝看了很多戏，也翻烂了家里一本又一本《戏考》。他不禁惊叹道："戏原来是这样一个迷人的东西。"在继母的熏陶下，在演员的感染下，家宝成了个小戏迷：他背唱词，学唱腔（有的一折戏，他能从头唱到尾），有时技痒难耐就"唱"起来，"念"起来，"做"起来。

家宝6岁起读书。儿子到学校念书，万德尊不放心，也不愿儿子进私塾，于是在自己家中设馆，把自己外甥刘其珂请来教家宝。10岁那年，父亲送家宝到汉英译学馆学英语。12岁，家宝考入南开中学，插班初中二年级。家宝早就羡慕洋学生了：穿着整洁的学生服，每天到学堂学习新学问，那有多好呀！全国闻名的南开中学前身是敬业中学堂，由张伯苓（1876—1951）和严修等创建于1904年。该校以教育严谨认真著称，对学生施以爱国救国教育。张校长总结南开办学经验时说："南开学校系受外侮刺激而产生，故教育目的，旨在雪耻图存；训练方法，重在读书救国。"家宝1922年秋入学，1928年6月作为南开中学第21届毕业生结束了中学时代生活（中间因染上天花病毒休学一年）。1928年，他被保送到南开大学（1918年始建大学部）政治系。南开学校一向重视开展各种课余活动，特别是各种艺术活动。当时，学校有美术、音乐、乐器、新剧、京剧等社团。家宝最感兴趣的是新剧，从1925年病愈复学到1930年暑假转考清华大学离开南开的六年中，他始终是南开新剧团的骨干，被天津市文艺界誉为"南开五虎"之一。家宝深得师生喜爱，人们亲昵地称他是"咱们的家宝"。南开新剧团是南开师生共同创立的，始建于1914年，时趾周为团长，周恩来为布景部长。1915年，首次演出剧目叫《一元钱》，周恩来扮演女角孙慧娟。1916年，张彭春学成归国，被选为副团长。

人的一生中，有许多偶然因素决定了一个人的命运，或导致

《雷雨》全新解读

命运发生了奇妙的变化。这偶然因素在别人也许是无意义的，但对特定的人就至关重要了。决定家宝戏剧人生的最重要的有两个人：一个是他的继母薛咏南，倘若不是家宝问世三天就丧母，这继母便无缘与小家宝结为母子，当然家宝也不一定成为小戏迷；另一个人是南开学校的教师张彭春，他是张伯苓校长的胞弟，被称为"九先生"。张彭春留学美国，攻读戏剧和哲学，归国后在南开任教。他把家宝引上了戏剧人生之路。1934 年，曹禺第一部剧作《雷雨》问世时，在《雷雨·序》中写道："我将这本戏献给我的导师张彭春先生，他是第一个启发我接近戏剧的人。"家宝第一次接受张彭春的艺术指导是排演丁西林的独幕喜剧《压迫》。那时男女不能同台演戏，女角均由男演员反串。家宝脸庞清秀，眼睛明亮，富有魅力，嗓音深厚甜美，念台词有韵味。张彭春发现了一位具有良好素质的演员。他很满意，毫不犹豫地确定由家宝担任女主角。演出获得成功，家宝给观众留下了美好的印象。家宝自 1925 年参加南开新剧团以来，演了很多戏，多半是反串女角，几乎都是张彭春导演的。为家宝赢得最高声誉的演出，是1928 年 10 月在天津市公演，他参加演出《娜拉》的那次。经过几年的培养和实践，家宝已成为南开新剧团的台柱子了。张彭春决定把挪威剧作家易卜生的《娜拉》（又称《玩偶之家》）搬上舞台。他已胸有成竹，让家宝挑大梁，扮演女主角娜拉。《娜拉》是易卜生的代表作，该剧是五四新文化运动中译介到中国来的。剧中女主人公娜拉是个活泼可爱、美丽热情的少妇，婚后，她的丈夫海拉茂把她当作玩偶，不让她有自己的思想和独立人格。她在丈夫穷困潦倒、病魔缠身的时候，为了给丈夫治病救命，冒名签字向人借钱。为了还清债务，她节俭度日，夜晚偷偷去干活挣钱。后来丈夫当了银行经理，决定辞退一个雇员，这个人恰恰是借给娜拉钱的债主。债主以娜拉冒名签字的罪名相要挟，以便保住自已的职位。海拉茂大发雷霆，辱骂娜拉。后来债主不再威胁，风波停息了。海拉茂觉得自己的名誉已经保住了，就立刻对娜拉换上一副温和的假面。娜拉看透了海拉茂极端自私、专横、卑鄙的灵魂，看穿了资产阶级社会道德和法律的虚伪，毅然决然地离开那个把她当成玩偶的家。她的出走是被压迫被损害女性对黑暗社会、专制家庭勇敢的反抗和强烈的控诉。这个剧的主题与"五四"时代精神是相吻合的，娜拉的觉悟和出走有力地叩击了人们的心弦，产生了巨大的社会反响。《娜拉》是一出主角戏，演好这出戏的关键是娜拉这个角色，戏的效果是通过娜拉产生的。这次演出的成败系于家宝一身。

家宝全身心地投入了演出，他对娜拉所遭遇的专制家庭的压抑和损害有切身体验，情感相通，易于进入角色。在舞台上，他的动作节奏、幅度，成了角色思想感情的自然流露；他的朗诵很出色，他在台词训练上下过一番苦功；特别是他的声音，极富魅力，使观众为之倾倒。演出引起轰动，当年在天津曾被视为一件大事，人们奔走相告，报刊纷纷发表评论。家宝演剧出名了！在南开期间，家宝演了很多戏，根据现有资料，列表如下：

演出时间	剧 名	剧作者
1925 年	《织工》	霍普特曼
1927 年暑假	《压迫》	丁西林
1927 年 7 月 2 日	《爱国贼》	陈大悲
1927 年 9 月 9 日	《压迫》	丁西林
1927 年 9 月 30 日	《国民公敌》	易卜生
1927 年 12 月 28 日	《压迫》	丁西林
1928 年 3 月 23—24 日	《刚愎的医生》	易卜生
1928 年 4 月 27 日	《换个丈夫吧》	（未来派戏剧）
1928 年 10 月 17 日	《娜拉》	易卜生
1929 年暑假	《争强》	高尔斯华绥

在南开演剧的经历，是家宝戏剧人生重要的起步阶段，并为

他从事戏剧创作奠定了坚实的基础。主演《娜拉》之后，他萌生了要写剧本的想法。他后来在《戏剧道路之端》中写道："南开新剧团是我的启蒙老师，它告诉我，戏是严肃的，是为教育人民、教育群众，同时自己也受教育。它使我熟悉观众，熟悉应如何写戏才能抓住观众。在写作时知道在舞台上应如何举手投足。"家宝开始动手写戏了。1929 年暑期，他在张彭春的指导下，与张彭春合作翻译改编了英国高尔斯华绥的名剧《争强》，作为校庆纪念演出新剧的剧本。接着，他又翻译了《太太》和《冬夜》两部剧。

家宝自幼受到文学的熏陶，父亲万德尊喜欢舞文弄墨、吟诗作赋，曾把平时写的诗文对联汇集成一本《杂货铺》。家里有大量藏书，童年、少年时期的家宝不仅读遍了《红楼梦》《水浒传》、《三国演义》《西游记》《史记》《聊斋志异》《官场现形记》《镜花缘》等中国古典文学著作，还读了林琴南翻译的世界名著，诸如《巴黎茶花女遗事》《撒克逊劫后英雄略》《迦茵小传》等，读了大量"五四"新文学书报杂志、鲁迅小说、郭沫若新诗、郁达夫小说、《东方杂志》、叶圣陶主编的《少年》等；后来又迷上世界戏剧名家名作，从古希腊悲剧到莎士比亚（英），从契诃夫（俄）到奥尼尔（美）。尤其是他把张彭春送给他的《易卜生全集》视为珍宝，潜心攻读。这是一次灵魂和情感的交流，是一次对戏剧堂奥的深入。在写《雷雨》之前，他读了中外戏剧作品达几百部之多。家宝在南开中学三年级时加入了南开中学文学会，后来又发起组织文学社团玄背社，印发文学刊物《玄背》。家宝创作小说，写诗和杂文。1926 年 9 月，在《玄背》上发表小说《今宵酒醒何处》，第一次使用"曹禺"这一笔名。笔名的由来是这样：把家宝的姓——繁体"萬"字——拆开，便是"艹"和"禺"，而"艹"谐音为曹。

家宝博览中外文学名著，从中吸取文学滋养，学习各具匠心的结构技巧、表现方法和语言艺术，丰富学识智慧。习作练笔，探索积累写作经验。从阅读到练笔写作，这是从事文学创作的必由之路。走过幼稚的学步阶段，走下去，走下去，脚步便渐渐的沉稳，坚实起来；走过平地，踏上山岗，终于会攀上顶峰，领略到无限风光。

（三）水木清华响惊雷

　　1930 年暑期，家宝已读完了南开大学政治系的两年课程，但他决心离开南开大学，转考清华大学的西洋文学系。西洋文学系对于热爱文学、热爱戏剧的家宝来说诱惑力太大了。南开不愿放他走，一再挽留，因为学校的演剧活动很需要他。家宝决心已下，不再回头，立下"军令状"。南开提出的条件是，如果考不上清华，不准许再回南开，家宝甘愿后果自负。他更加坚定了信念，破釜沉舟，背水一战。经过认真、刻苦备考，他如愿以偿，顺利地考取了清华大学西洋文学系，插班二年级。清华大学坐落在北平西北郊风景区。这里原来是清代康熙皇帝的御花园"水木清华"。环境宁静幽雅：潺潺流水，郁郁浓荫，荷塘月色，水榭亭台。并称"四大建筑"的大礼堂、图书馆、科学馆、体育馆，庄严雄伟，气势恢宏。1911 年清政府用美国退还的部分庚子赔款创办了清华学堂，1912 年改为清华学校，1928 年更名为国立清华大学。20 世纪 30 年代的清华是一所综合性大学，设有理、工、文、法各学科。这里拥有学养深厚的学者、专家，聚集着品学兼优的莘莘学子。它是培养承担国家、民族大业的精英和才俊的摇篮。

　　清华大学有优良的教风和学风：为师者善于导，学子勤于学。各学科主讲教授为学生指定许多学习参考书，参考书就摆在图书馆阅览室的书架上，任学生选用。著名戏剧学者王文显教授担任西洋文学系主任，每年他都让图书馆采购戏剧书籍，图书馆的藏书不断充实，应有尽有。这些书籍为家宝开辟了一个广阔的艺术天地，他整天泡在图书馆里，如饥似渴地阅读，悉心钻研，勤做笔记。每次从图书馆出来总是抱着一摞书。家宝很勤奋、很刻苦，沉浸在知识的海洋中，流连在世界戏剧艺术的长廊里。

　　1933年上半年，构思长达五年之久的《雷雨》进入了写作阶段。这部剧作胚胎的孕育，基于家宝丰富的生活积累，萌发于对现实生活的深切感受。作者在《雷雨·序》中说："《雷雨》的降生，是一种心情在作祟，一种情感的发酵。"家宝性情忧郁沉抑，敏感多虑，好凝思默想。在他所处的光怪陆离的环境中，他耳闻目睹的人物和事态，引起了他的关注和思考。他说："无法无天的魔鬼使我愤怒，满腹冤仇的不幸者使我同情，使我流下痛心的眼泪。我有无数的人像要刻画，不少罪状要诉说。我才明白我正浮沉在无边惨痛的人海里，我要攀上高山之巅，仔仔细细地望穿、判断这些叫做'人'的东西是美是丑，究竟有怎样复杂的个性和灵魂。"（《曹禺自传》）他创作《雷雨》是从实感出发的，而且是从深有所感之处首先着笔写起，当第一次有了《雷雨》一个模糊影像的时候，激起他创作兴趣的，只是一两段情节、几个人物和他所说的"复杂而又原始的情绪"。作者一下笔先写的是最吸引他的片断，即定稿后第三幕中的侍萍逼四凤发誓和周萍推开窗户进入四凤卧室；接着写第一幕中的周朴园逼繁漪喝药，第二幕鲁侍萍和周朴园不期而遇。把这些片断写出来后，作者又费了一番思考，经过再三推敲，作了组接、穿插，把几个场面连接起来，才使观众、读者看到定稿后这样的艺术成品。《雷雨》是在宁静明亮的清华大学图书馆西文阅览室里写成的。这里上午8时至12时，下午2时至6时，晚上7时半至10时为开馆时间，家宝把全部精力都投入写作，每天早来晚去，坐在他固定的座位上。桌上堆着

《雷雨》的提纲、草稿、人物性格描绘分类卡，以及分幕表、舞台设计草稿、参考资料等。他不停地写，忘记了时间，忘记了学校上课的钟声。

1933年初夏，日本侵略者进犯热河，华北震荡，北平岌岌可危。因顾及师生安全，清华大学提前一个月（6月初）放假，并免除1933年应届毕业生的期末考试。这使他不必应付毕业考试，可以全力以赴地写《雷雨》了。夏日的北平天气多变，忽然起风了，天空昏暗，乌云翻滚，顷刻间掠过蓝森森迅疾的闪电。"咔嚓！"一个炸雷，暴雨倾盆而降。家宝为之一震，啊，真乃天助我也！这电闪雷鸣、狂风暴雨的气氛恰与他剧中要写的情景相契合。他观察窗外，转而凝思遐想，构思酝酿多年的人物、事件和细节正在他的脑海里栩栩如生、如临其境地活跃起来。记不清有多少个日日夜夜，他忙得神魂颠倒，废寝忘食。他的心有时像在一片渺无人烟的沙漠里，暴雨狂落了几阵，都立刻渗透干尽，又干亢燠闷起来，不知怎样往前迈出艰难的步子。有时，又如历尽千难万险的旅行者，长途跋涉之后冷不丁地发现眼前居然从石岩缝里生出一棵葱绿的嫩芽，展现出柳暗花明又一村的奇观。在西文阅览室里，他翻阅手稿和剧本素材，时而奋笔疾书，一泻千里；时而轻轻地敲着脑袋，沉思片刻；时而不经意地抚摸着右耳唇的小肉瘤——俗称"拴马桩"。每当他需要斟酌如何处理关键情节或忽然灵感来袭时，他就下意识地狠狠揪一下那个小肉疙瘩，同学们戏称这个"拴马桩"是他的"灵感球"。有时在构思中想得头痛欲裂，他就放下笔，缓步走出阅览室，站在路边看熏风中轻拂的垂柳，到池畔望碧水中游来游去的鱼儿，感受着轻松自由的快乐气息；写得顺畅时，结束一个段落，他也要走出阅览室，爬上不远处的山坡，躺在清凉绿茵茵的草地上，凝视蓝天白云，眺望远山的石塔，让情思展开翅膀翱翔。他像个比赛前的运动员那样兴奋，从清晨钻进图书馆，一直到夜晚 10 点闭馆时才恋恋不舍地离开。夏风吹拂柳条刷刷地抚摸着他的脸，酷夏的蝉声聒噪个不停，他一点也没有感觉到，人像沉浸在《雷雨》里。他奔跑到体育馆草地上的喷泉处，喝足了从玉泉山上引来的泉水，才觉察到已经一天没有喝水了。家宝坚信，凭自己多年的生活积累和艺术积累，加上勤奋刻苦，一定能够写出优秀的地道的大型中国话剧剧本。

剧本将尽杀青了，家宝反复推敲，精益求精。深夜刚躺下，忽然想到一句绝妙的台词，兴奋不已，就立刻翻身下床，写在纸上；过了几天，又得新意，则把先前的推倒重来。稿纸上画满了红色、蓝色的杠杠道道和反复修改过的字迹。有时修改稿子彻夜不眠，涉及关键对话，他时常面对镜子，模拟剧中人的口吻和声调，十几遍几十遍地说、改，直到满意为止。他的床下堆满了草稿，前后五易其稿，草稿本有十几本。经过五年的构思，半载经营，在他大学毕业前夕，1933 年 8 月底，一本浸透了他的汗水和心血的煌煌大作终于定稿了。他长吁一口气，端端正正地在封皮上写下"雷雨"两个大字。家宝心情格外高兴，他在《雷雨·序》中写道："我爱着《雷雨》，如欢喜在融冰后的春天，看一个活泼泼的孩子在日光下跳跃，或如在郯郯的野塘边偶然听得一声蛙鸣那样欣悦。"

家宝把《雷雨》书稿交给好友章靳以。靳以是家宝南开初中时的同学，现在是《文学季刊》的主编之一。靳以也许觉得家宝和自己关系太近了，为了避嫌，他把书稿暂时放在抽屉里。过了一段时间，他偶尔对巴金谈起。巴金从抽屉里拿出剧本，一口气读完了数百页的原稿。一幕幕人生大悲剧在他的眼前展开，巴金的灵魂被吸引住了，泪不由得夺眶而出，感到一阵舒畅，感到一种渴望和一种力量在体内产生。他敏感地觉察到这是一部难得的力作，这部手稿的作者一定才华横溢。巴金立刻把自己的想法告诉靳以，靳以格外喜悦。巴金不顾自己在病中，他自任责任编辑，还亲自校对，把它发表在 1934 年 7 月 1 日北平出版的《文学季刊》第一卷第五期上，破例用一期把"四幕悲剧"《雷雨》全文推出。笔名用的是"曹禺"。就这样，中国现代戏剧史上一部划时代的话剧杰作问世了。那时家宝 23 岁。

话剧起源于欧洲，这种文学艺术形式在中国是舶来品。1906 年冬，中国留日学生在日本东京成立了春柳社，主要成员有曾孝谷、欧阳予倩、李叔同、陆镜若等。1907 年，王钟声在上海创立了国内最早的新剧团——春阳社。这两个社团是中国现代戏剧筚路蓝缕的先行者。1907 年起，春柳社在日本东京公演了《黑奴吁天录》《茶花女》《热血》等翻译的外国话剧。1919 年 3 月，胡适创作的独幕剧《终身大事》是中国现代文学史上最早的话剧剧本，此后田汉、洪深、欧阳予倩、熊佛西、丁西林、郭沫若等陆续创作了一批早期的话剧剧本，促进了新兴的话剧运动的迅速发展；但这些早期出现的剧本尚未摆脱外国话剧的束缚，还未能把这种引进的文学艺术形式和谐地与我国人民的生活结合起来，在剧目的演出时长上也没有称得上"大型"剧作。

《雷雨》的问世标志着中国话剧艺术的成熟，开辟了中国话剧的新时代。它娴熟地驾驭了由欧洲传入中国的话剧这一文学艺术品种，在较大的思想容量和深刻性上，表现了中华民族的生活，把外来的文学艺术形式与我国人民的生活内容作了完美的结合，以成功的艺术实践有力地证明了话剧在中国的土地上扎下了根。话剧《雷雨》的演出时间长达四小时之久，堪称是第一个"中国大型话剧"。

《雷雨》是在日本东京首演的。1935 年 4 月 27 日，由中国留学生组成的戏剧团体"中华话剧同好会"，将《雷雨》搬上舞台（演出时删去了"序幕"和"尾声"），由吴天、杜宣导演。前后演出五场，盛况空前。郭沫若观看了演出，十分赞赏。他说，这部戏表现了资产阶级家庭错综复杂的关系，用深夜猛烈的雷雨象征了这个阶级的崩溃。他后来在为《雷雨》日文本作的序中，称赞《雷雨》是"一篇难得的优秀力作"，"作者在中国作家中应该是杰出的一个。"《雷雨》在国内的第一次公演是 1935 年 8 月 17日、18 日，由天津市立师范学校"孤松剧团"演出，曹禺特地赶到现场指导。李健吾看了演出后，以"刘西渭"的笔名发表文章，称赞《雷雨》是"一出动人的戏，一部具有伟大性质的长戏"。曹聚仁认为，以演出《雷雨》为标志的 1935 年，"从戏剧史上看，应该说是进入了雷雨时代。"

《雷雨》以 20 世纪 20 年代初的中国社会为背景，描写了周、鲁两个家庭八个成员（周朴园、繁漪、周萍、周冲；侍萍、鲁贵、四凤、鲁大海）之间 30 年来错综复杂的爱情、血缘、阶级关系，在一个雷雨之夜发生的"三死二疯"的悲剧。剧作深刻地反映了无法以血缘关系调和的尖锐对立和生死格斗。周朴园明知鲁大海是自己的儿子，但却不因父子关系而放弃开除鲁大海的念头，残酷的阶级关系把骨肉之情抛到九霄云外；侍萍明知周萍是自己的亲生骨肉却不敢相认，而且深知周萍不会认她是自己的母亲。写《雷雨》时，曹禺并不是阶级论者，但这种真实的描写把严酷的人生真实相当深刻地描绘出来了，揭示出现实社会阶级斗争的残酷性和必然性。

《雷雨》是享誉世界的艺术精品，是曹禺创作道路上的第一座高峰。从 1935 年开始，它使中国话剧进入了"雷雨"时代。在国内的话剧舞台上，成了保留的传统剧目，屡演不衰。究竟演了多少场已无法统计，但可以断言，在中国话剧中，《雷雨》的演出场次之多是其他剧目无法比拟的。1962 年 3 月，敬爱的周恩来总理在广州召开的"全国话剧、歌剧、儿童剧创作会议"上的讲话中，特别提及《雷雨》的生命力之强大。他说，《雷雨》所"反映的生活合乎那个时代，这部作品保留下来了。这个戏，现在站得住，将来也站得住"。1998 年 3 月 21 日晚，江泽民主席在首都剧场观看《雷雨》时说，《雷雨》经受了时间考验，历演不衰，影响了几代人，显示了强大的生命力。据《文学报》1998 年 3 月 26 日介绍，北京人民艺术剧院从 1950 年开始，演出《雷雨》400 多场。

（四）文学创作实绩

从 1934 年《雷雨》问世到 1978 年创作《王昭君》，前后近半个世纪，曹禺的文学创作硕果累累，成绩斐然，不愧为中国现当代剧坛上的巨擘。新中国成立前，他在 16 年的时间里，创作和改编的多幕剧、独幕剧近 10 个，另外还翻译 1 个多幕剧，写了 1 部电影文学剧本。在现代剧坛上是位多产、高质量的剧作家。新中国成立以来的当代文学时期，创作了 3 个多幕剧。

（1）30 年代剧坛的新星

曹禺厚积薄发，出手不凡，处女作《雷雨》一问世，便取得了巨大的成功，使他成为我国 30 年代剧坛一颗光芒四射的明星。曹禺是位勤于思考和创造力旺盛的杰出作家，完成《雷雨》后，他着手酝酿下一个剧本，并希望有所突破。他在光怪陆离的社会中看到许许多多梦魇般可怖的人和事。破败的古城太原，那里的妓女们像牲畜一样被圈起来，她们的脸从洞口露出来招徕嫖客。嫖客看中了谁，老鸨就把她从笼里拉出来。妓女个个脸色蜡黄惨白，身躯瘦削，她们害了性病不能接客时，老鸨便任其死去。天津豪华的饭店里，寄生着年轻美貌盛装的交际花，她们周围聚集着形形色色的人物。买办、银行经理、投机商、洋教授、军官、富孀，他们在这里挥金如土，花天酒地，纸醉金迷。饭店老板靠这些交际花招徕"大人物"。有一位交际花因为靠山破产，无法还债而服毒自杀了。曹禺曾在上海复旦大学任教，他了解到："十里洋场"上海是冒险家的乐园，是典型的半殖民地畸形发展的大都市。与曹禺自幼生活的天津相比，其社会环境更黑暗、更腐烂。红极一时的电影演员阮玲玉因"人言可畏"，"不死不能明我冤"而服毒身亡。这种种社会现象强烈地刺激着曹禺的良知，萦绕在他的心头，使他惊愕、痛苦、愤怒，驱迫他去思考，驱迫他发出呼喊。尽管眼前还是一片混乱污浊，但他渴望光明、渴望春天、渴望充满快乐的生活。他奋笔疾书，一气呵成，1935年写成四幕话剧《日出》，从1936年6月到9月，在巴金、靳以主编的《文学月刊》连载四期。《日出》问世，再一次引起轰动。这部剧作揭露了大都市最黑暗一隅的恶势力（以金八、潘月亭、张乔治、顾八奶奶、胡四、黑三为代表）的种种罪恶，愤怒地控诉了那个"损不足以奉有余"的吃人社会的不公和不义，对被压迫、被侮辱、被损害的小人物（以黄省三、翠喜、小东西为代表）寄予深切的同情，并且把劳动者当作光明的象征，热情宣称"太阳就在他们身上"。剧本采用片断的方法，以陈白露、方达生为线索，把"人生的零碎"与众多人物连接起来，构成一体，深刻而广阔地反映了社会上层和底层的生活。《雷雨》写的是家庭悲剧，《日出》则是一部社会悲剧。《日出》引起了热烈反响，许多著名作家、评论家纷纷发表评论。茅盾指出，《日出》表现了"半殖民地金融资本家的缩影。将这样的社会题材搬上舞台，从我所见，《日出》是第一回"。巴金肯定《日出》是"一本杰作"，而且"和《阿Q正传》《子夜》一样，是中国新文学运动中最好的收获"，他特别赞赏《日出》有一条伸向光明去的路，称赞剧本有他"不曾见过的这样'雄壮'这样'乐观'的收场"。叶圣陶说："采集了丰富

名家解读中外文学名著书系

的材料，出之以严肃的态度，刻意经营地写成文章的，前几年有茅盾的《子夜》，今年有曹禺的《日出》。她们都不是'妙手偶得'的即兴作品，而是一刀一凿都不肯马虎地雕刻成功的群像。"燕京大学外文系的美籍教授 H. E. 谢迪克评论道："《日出》在我所见到的现代中国戏剧中是最有力的一部。它可以毫不羞愧地与易卜生和高尔斯华绥的社会剧的杰作并肩而立。"《雷雨》和《日出》的相继问世，像两座大山巍然耸立，令人仰视、叹喟。这两部力作奠定了曹禺在中国现代戏剧史和现代文学史坚不可摧的重要地位，为他赢得了杰出的现实主义戏剧家、戏剧大师的荣誉。

曹禺是一位敢于独创的艺术家，他不重复别人，也不走自己的老路，他总想搞出新鲜思想、新鲜招数来，一个戏要和另一个戏不一样。在中国 20 世纪 30 年代的文坛上，农村题材占有极重要的位置。左翼作家尤为重视中国共产党领导的农村革命斗争，日渐深入的社会现实。20 世纪 30 年代，中国农民问题越来越突出了：谷贱伤农，丰收成灾，农村破产，铤而走险，农民暴动，武装革命……这一一收入作家的视野。这个时期产生了一批在现代文学史上占有光辉篇章的优秀作品，诸如茅盾的短篇小说"农村三部曲"（《春蚕》《秋收》《残冬》），叶圣陶的《多收了三五斗》，叶紫的《丰收》，洪深的话剧"农村三部曲"（《五奎桥》《香稻米》《青龙潭》）等。曹禺是个富有正义感的作家，焉能不正视动荡的社会现实。他立意把笔触由城市伸向乡村，由写城市上层和底层人转到写受压迫被损害的农民。虽然他"没有真正到过农村，"只是"偶然看看，没有生活"，但听到的看到的事情很多，为他留下了刻骨铭心的印象。小时候，他的第一个人生启蒙老师——保姆段妈——一家人的遭遇常常浮现在他眼前：段妈的父母饿死；丈夫因交不起地租被地主打死；公婆怀丧子之痛先后自缢身亡；儿子遭财主毒打，没钱治伤，伤口溃烂生蛆，最后痛死。他父亲当宣化镇守使时，在宣化府大堂上，家宝目睹了拷打农民的悲惨景象：一个当官的下令用皮鞭抽农民的脊背，连抽三十皮鞭，打得皮开肉绽。受难农民的哭叫声，愤愤的反抗声，仿佛仍在耳边回荡；每逢灾年，难民们背井离乡、卖儿卖女、街头讨饭的情形，他记忆犹新。于是他构思了《原野》。《原野》以民国初年北洋军阀统治时期为背景，描写的是一个苦大仇深的农民仇虎向恶霸地主焦阎王家复仇的故事。仇虎家被当营长的焦阎王害得家破人亡：仇虎的父亲被活埋，妹妹被拐卖，未婚妻花金子被夺去，土地被霸占，仇虎本人被投进监狱打成残废。仇虎越狱逃回家乡，此时焦阎王已死，于是"父债子还"，他杀了焦阎王的儿子焦大星，夺回了被霸占的未婚妻花金子。但他杀人复仇后，精神恍惚逃进黑林子，仿佛阴曹地府出现在眼前，那个地狱中的阎王就是害了他全家的焦阎王。仇虎迷路了，逃不出黑林子，不得不以自杀来作为对命运的反抗。《原野》是部三幕剧，写于1936年，1937年4月至8月在靳以主编的《文丛》第一卷第二期至第五期连载。1937年8月7日至14日，《原野》在上海卡尔登大戏院举行首次公演，此时"七七"事变已经爆发一个多月了，人们已经顾不得对它观赏和评论了。《原野》"生不逢时"，它被湮没在随之滚滚而来的抗日热潮中了。对《原野》的评论不多，在这些不多的评论中却大都持否定之词，甚至把它看作失败之作，是曹禺创作过程中走的一段弯路。其理由是，主要人物仇虎缺少农民气质，故事情节夹杂许多非现实的渲染，结构也因累设疑局、密布迷阵而显得松散。究其根源，则归咎于作者不熟悉农村，不了解农民。近年来，长期对《原野》持否定态度的局面受到了挑战。人们越来越发现它的珍贵的美学价值和丰厚的底蕴。首先发难是电影《原野》。集该电影的改编、导演于一身的凌子先生说："《原野》是曹禺剧作中最好的一部，是一首反封建的长诗。"在电影《原野》的带动下，《原野》又被搬上舞台，改编成歌剧《原野》、芭蕾舞剧《金子》。学术界对这个历来有争议的作品又重新展开再评价和再探讨，形成一股小小的"《原野》热"。在基本取得共识的曹禺剧作的排行榜中，《原野》跃进到第四位，紧承曹禺代表作《雷雨》《日出》《北京人》之后，人们习称这四部剧作为曹禺的"四大经典"。

（2）抗战时期的爱国者

抗日战争时期，抗战救亡是压倒一切的主题。曹禺满怀抗战激情和宋之的合编了话剧《全民总动员》（又名《黑字二十八》），该剧写一个代号"黑字二十八"的日本间谍潜入我抗日后方基地进行破坏活动，重点破坏抗日团体向敌人后方派遣特工人员的计划，同时收买汉奸搞恐怖暗杀活动，最后，敌特被抗日团体和行动起来了的抗日群众破获。这部话剧歌颂了前线浴血奋战的将士，歌颂了积极抗日救亡的爱国青年，鞭挞了沈树仁之流出卖灵魂为敌效力的汉奸，讽刺某些"以抗战做幌子的无耻之徒"，号召全民总动员投入抗战洪流。《全民总动员》于1938年10月29日在重庆国泰大戏院公演。这次演出成为轰动雾都重庆的盛举，博得周恩来的赞许。周恩来对曹禺说："你和宋之的所编的话剧《全民总动员》很好地配合了抗战现阶段的动员和组织民众的重要任务，获得了成功。希望你用自己的笔为国家、为中华民族作出更多的贡献。"曹禺在剧中扮演交际花的父亲侯凤元，与名演员赵丹、白杨、张瑞芳、舒绣文等同台演出。曹禺的精彩表演受到导演应云卫的赞许："毕竟是万家宝，老经验，连一点子戏总被挤足了出来，抓得住观众。"四幕话剧《全民总动员》于1940年3月由正中书店出版。

1940年，曹禺在四川小县城江安，怀着高涨的爱国热情创作了四幕话剧《蜕变》。剧本描写了抗战时期一所省立医院中发生的故事。该医院是从南京搬迁到后方的，一片混乱，腐败不堪，经过整顿后面目一新，欣欣向荣。该剧表现了我们中华民族必将在抗战中蜕旧变新的严肃主题，无情地鞭挞了抗战中的动摇分子、腐败人物以及各种丑恶现象，热情地歌颂了献身抗战事业、锐意改革的新生力量。该剧的前两幕着重暴露国统区的黑暗腐败现象，后两幕着重表现贤明官吏梁公仰以身作则、扭转局面的德正廉行。该剧由曹禺执教的国立戏剧学校师生排练演出，初演曾受到国民党当局的非难，作了修改才得开禁公演。这部剧引起了观众的强烈反响。蒋介石看了，把张道藩（国民党管文化运动的官员）找去，骂了一顿，马上禁演。后经"解释"，又开禁了。该剧本1941 年 1 月由文化出版社出版。

在写《蜕变》的同一年，曹禺根据墨西哥剧作家尼格里的《天鹅绒红外套》改编成独幕闹剧《正在想》。该剧描写了一个滑稽戏班子为了迎合时尚改演话剧，闹出许多笑话的故事。借此讽刺换汤不换药，表面变了而本质不变的趋时丑类。该剧的结尾台词很耐人寻味，班主老窝瓜说："我、我……我正在想！"正在想什么呢？无非是想怎样看风使舵，像变色龙似的随时变色吧。好一个投机、无操守的家伙。《正在想》1940 年 10 月由文化出版社出版。

1941 年秋天，曹禺完成了三幕话剧《北京人》的创作。这部剧作被公认为是曹禺创作道路上的又一座高峰。剧本描写了抗战前北京一个腐朽没落封建家庭的崩溃：行将就木的曾老太爷曾皓，顽固地迷恋着那口已漆了 15 年、有一百多道漆的楠木棺材，死死地拖住姨侄女愫方伺候他，要她陪着自己一同进棺材；儿子曾文清碌碌无为，思想苦闷，沉迷烟枪，成了行尸走肉；儿媳曾思懿将心思都用在钩心斗角和防范丈夫"移情别恋"上；女婿江泰整天说空话，发牢骚，垂头丧气，穷途潦倒，无所作为；17 岁的孙子曾霆被活活折磨成思想混沌、感情麻木的小老头。曾家已无可救药了！而寄居在曾家的愫方有着一颗善良美好的心，她沉默忍受，而内心却坚定刚毅；孙媳瑞贞是曾家接受了新思想的第三代，她最终冲破了没有爱情的婚姻，和愫方一起勇敢地离开了衰败垂死的曾公馆，她们是未来的"北京人"，走上了光明的新生之路。柳亚子先生曾用诗歌写篇剧评，诗的最后一节揭示了《北京人》的亮色，展示了光明的新生："多情的小姐，洗净过去的悲哀！被压迫的小媳妇，冲破了礼教的范围！跟着你，伟大的北京人呀！指点着光明的道路，好走向时代的未来！"

1942 年，曹禺把巴金的小说《家》改编为四幕话剧。它对小说进行了再创造，以觉新、瑞珏、梅芬三人的恋爱婚姻的不幸为主线，展示了相互间的感情纠葛，揭露了封建家族制度和婚姻制度的吃人本质。剧本把巴金原著中的更为突出的主线——以觉慧为代表的青年一代的反抗和斗争，只作为软弱无力的陪衬，这极大地削弱了剧本的积极意义。为此曹禺作了自我批评，他说："有很多人读了他（指巴金）的小说参加革命，朝进步方向走，戏（指剧本《家》）就不会发生这个作用。"

尽管曹禺在国立戏剧学校教务繁忙，但他还是应著名导演张骏祥之请，用诗剧形式翻译成适于直接拿过来就可以上演的舞台本，于是译了莎士比亚的名剧，译后名为《柔密欧与幽丽叶》。这个译本闪现着曹禺的才华和诗情，译笔流畅，独具一格。这部诗剧译作五幕话剧舞台导演本，发表在《文学修养》1944 年第 2 卷第 3、4 期上。1943 年，根据法国作家拉毕虚的剧本《迷眼的沙子》，改编了一个独幕剧《镀金》。1946 年创作了多幕剧《桥》，只在《文艺复兴》1946 年 3、4、5 期上发表了两幕，后因和老舍一道应邀去美国讲学，戏就中断了，《桥》仅是半个剧本。

《桥》表现的是官僚资本家掠夺民族工业的主题，题材与

《雷雨》全新解读

《子夜》相近，而且富有新意，可惜未能终篇。曹禺从美国回来，1947年，曹禺写了个电影文学剧本叫《艳阳天》，内容是反映国统区人民的苦难生活，揭露汉奸、流氓在国民党反动政权庇护下为非作歹的罪行，寄托了作者对艳阳天的渴望。

（3）赞颂晴天丽日的歌手

新中国成立后，曹禺积极参加土地改革、思想改造、治理淮河等运动，历时3个月。他深入细致调查研究，做了20多本记录，为日后创作积累了大量素材。紧张的创作构思整整进行了一年，1954年7月，他创作了歌颂新生活的三幕六场话剧《明朗的天》，当年9月同时在《剧本》和《人民文学》上连载。从1954年12月18日到次年2月25日，由北京人民艺术剧院首演，剧场天天座无虚席。这部话剧以知识分子思想改造为主题，描写的是北京解放前夕，燕仁医学院中的大夫、教授对即将到来的解放抱有各自不同的态度。围绕在共产党员何昌荃周围的进步大夫，以欢欣鼓舞的心情和积极行动迎接解放；而以美帝国主义分子贾克逊和他的代理人江道宗为首的少数教授们，则在商讨如何在解放后仍旧维持"美国传统"。细菌学教授凌士湘则既欢迎解放，又把贾克逊视为学者、朋友。抗美援朝开始了，经过事实教育，医院的大夫、教授们逐渐认清了美帝国主义对中国实行文化侵略的真面目，看清了贾克逊的狠毒，只有凌士湘不相信。直到美帝国主义在朝鲜发动细菌战争，他才恍然大悟。凌士湘决定亲自到朝鲜参加反细菌战争，用他的科学知识来打击敌人、保护人民，走上做一个人民科学家的道路。

这个剧本的诞生，标志着曹禺开启了全新的更高的戏剧创作阶段。他力求站在工人阶级立场，用工人阶级的眼光来观察所描写的对象，通过对形形色色的剧中人物的创造，体现现实主义的党性和爱憎分明的精神。《明朗的天》首演大获成功并荣获了第一届全国话剧观摩演出剧本一等奖。

20世纪50年代末到60年代初，我国遇到了新中国成立以来第一次大困难。连续三年罕见的自然灾害，苏联背信弃义，单方面撕毁合同、撤走专家，趁我国难逼迫还债；在美国的支持下，蒋介石叫嚣反攻大陆；中印边境发生冲突。国际上的敌对势力对我国形成了新月形包围圈，妄图置我们于死地。中国人民不怕鬼、不信邪，面对困难勒紧腰带，奋发工作，发愤图强，时代呼唤着励精图治、自强不息、艰苦创业的精神。就是在这样的时代背景下，曹禺和梅阡、于是之合作，由他执笔创作了五幕历史话剧《胆剑篇》。

《胆剑篇》以我国春秋末期吴越战争时，越王勾践卧薪尝胆，"十年生聚，十年教训"，持剑奋起转败为胜，灭吴雪耻的故事为题材，表现了尖锐、重大的主题思想。《胆剑篇》发表于1961年7、8号《人民文学》上，10月由北京人民艺术剧院在首都剧场公演。它的发表和演出，立即在社会上引起强烈的反响，对正在致力于自力更生、发愤图强的我国人民给以深刻的教育和启示，产生了巨大的激励和鼓舞作用。

《胆剑篇》显示出曹禺神采飞扬的艺术创造力，也暴露出他受到了当时"左"的文艺思潮的束缚。1962年，周恩来总理在《对在京的话剧、歌剧、儿童剧作家的讲话》中，以曹禺为例批评道："新的迷信把我们束缚起来了，于是作家们不敢写了，帽子很多，写得很少，但求无过，不求有功。曹禺同志是有勇气的作家，是有自信心的作家，大家很尊重他。但他写《胆剑篇》也很苦恼。他入了党，应该更大胆，但反而更胆小了。……现在好像拘束多了。生怕这个错，那个错，没有主见，没有把握。这样就写不出好东西来。"听了周总理的批评，曹禺心里热乎乎的，觉得如释重负。周总理希望他从"新的迷信"中解放出来，他受到了鼓舞和激励。完成《胆剑篇》后，他立即转入了《王昭君》的创作准备工作。创作《王昭君》是周恩来总理交给他的任务。他带着周总理的嘱托，曾两次风尘仆仆地到内蒙古体验生活、收集资料。他寻访昭君墓——青冢；访问蒙古族老人，听他们讲述富有诗意的神奇传说；听著名的歌手、马头琴大师演唱王昭君的故事。这一切使曹禺感受到了王昭君的美，感受到兄弟民族交流、融合中的珍贵价值。

"文革"前，他刚写好《王昭君》第一、二幕，不料狂风恶浪铺天盖地而来，他惨遭政治迫害。粉碎"四人帮"后，他虽已年近古稀，但仍丹心如火、宝刀不老。为了完成周恩来总理的遗愿，1978 年 8 月，他冒着盛夏酷暑，远赴新疆去追踪我国古代兄弟民族友好往来的足迹。他跋山涉水，登临充满奇异色彩的山上湖——天池；到景色秀丽的伊犁河谷；在赛里木湖畔金色草原上过夜，月光如水，又为草原洒下一片银白色。这次新疆之行，同前两次内蒙古之行一样，使曹禺体会到了我国各族人民之间悠久、真诚、亲密的友爱和团结。在新疆他完成了《王昭君》最后一幕的初稿。1978 年 10 月 22 日终于完成了五幕话剧《王昭君》的创作，他在简短的"献词"中郑重地写道："我把这个剧本献给祖国国庆三十周年，并用它献给我们敬爱的周总理！"《王昭君》1978 年 11 月在《人民文学》上发表。这部历史剧以民族大团结和民族文化交流为主题，塑造了一位有胆有识、光彩照人，为民族团结和睦而献身的巾帼英雄形象。话剧的前两幕，根据史实提炼情节，以写实为主，虚构为辅；后三幕是根据实地调查、访谈得到的传说和印象，提炼情节，全靠发挥想象、大胆虚构。《王昭君》的发表和公演，在剧坛上引起高度重视，得到充分好评。著名戏剧家吴祖光盛赞《王昭君》："写得入情入理，有声有色，信是大手笔。"有的评论指出："《王昭君》在艺术上，可以说集曹禺艺术素养之大成。"曹禺自己估计:"关于《王昭君》,将来肯定有一场大辩论。"还曾对要把《王昭君》改编成扬剧的改编人员说:"王昭君我没有写好,老是乐乐呵呵的,没有矛盾,你们要改一改。"

(五)曹禺和周恩来

曹禺1922年9月考入南开中学,插班初中二年级;1928年6月中学毕业,是南开中学第21届毕业生。毕业后被保送到南开大学政治系,1930年暑假退学转考清华大学。周恩来1913年秋入南开学校,1917年夏毕业后东渡日本。南开于1918年始建大学部,曹禺和周恩来是南开校友。曹禺是个幸运儿,在文学创作道路上巴金是发现他的伯乐,是他的守护神;而周恩来不仅是比曹禺大12岁的南开老学长,更重要的是他的革命引路人,是他心中的一盏指路明灯,照亮了他前进的路程。

(1)山城朝晖

那是大夜弥天的年代。1938年初,曹禺随国立戏剧学校由长沙迁到重庆。这年冬天,曹禺应周恩来的邀请,第一次到曾家岩50号的周恩来住处做客。曾家岩50号是一幢三层小楼,周恩来和其他工作人员住在一楼和三楼,中间的二楼住的是国民党当局安置在这儿的耳目。曹禺由周恩来的秘书张颖——一个十八九岁的女性——领进一间简朴的屋子,周恩来亲切地迎了出来,紧紧握住曹禺的手。谈话开始时,曹禺有些拘谨。当周恩来讲起南开的话剧活动时,曹禺紧张的心情消失了。周恩来说:"我在南开演戏扮的是女角。《一元钱》里,我演孙慧娟;《仇大娘》里,我演范裴娘;还有一个戏,叫《千金全德》,我还演一个新娘呢。我演的女角可多了。"曹禺说:"我在南开新剧团,开始也是演女角。

《娜拉》《国民公敌》《压迫》中，扮的都是女角。"话题很自然地转到当前的抗战形势上来，周恩来说："抗战进入到现阶段，摆在我们面前的重要任务，是要切实动员和组织民众。你和宋之的编的话剧《全民总动员》，就很好地配合了这个重要任务。听说前一阵子演出，这个戏的票房收入也相当可观？"曹禺回答说："票房收入一万多，全部捐购寒衣用了。"周恩来高兴地说："这很好。表达了中国戏剧工作者的热忱，也显示了你的力量。"正说着，防空警报响了。周恩来立即请曹禺一道坐车上山。他们登上山顶时，日本侵略军的飞机已经向山城俯冲轰炸，随着爆炸声腾起一股股浓烟。看着日寇这种野蛮的法西斯暴行，曹禺气闷得说不出一句话。周恩来面容愤慨而严峻，他指着山下燃烧的地方，痛斥日本帝国主义的暴行，强调中华儿女必须团结一心、奋起抗日。他还说："我们党提出了建立广泛的抗日民族统一战线的正确主张，我们党帮助张学良、杨虎城两位将军正确地处理了'西安事变'。蒋介石抗日，我们欢迎，甚至还称他委员长呢。可是，蒋介石背信弃义，把张学良扣起来了。这一'扣'就暴露了蒋介石抗日不是真的，而是假的。日本飞机敢于轰炸重庆，就是蒋介石假抗日招来的恶果。可惜张将军没有看出蒋介石的奸诈。"讲到这儿，周恩来沉思片刻，又说："家宝先生，你是写戏的，你懂得戏对人有多大影响。你的《雷雨》《日出》我很喜欢。1938 年在武汉，邓颖超看了演出后非常激动，她对我说中国有这样好的戏，应该去看看。一看，我就被迷住了。《雷雨》《日出》里的好多台词，我和颖超都会背。我欣赏你的，就是你的剧本是合乎你的思想水平的。这次你和之的合作的《全民总动员》又获成功，这很好。希望你用自己的笔多写戏，写好戏，激励人们抗击日寇，讨伐汉奸，为国家、为中华民族作出更多的贡献。"曹禺静静地听着，他要牢记每一句话。周恩来的话像鼓点一样，每一句都震动着他的心，给

名家解读中外文学名著书系

了他信心和力量。他内心淤积已久的郁闷渐渐消失了，他相信中国共产党是坚决抗战到底的。从那时起，他靠近了中国共产党。

　　1942 年冬天，曹禺收到周恩来的信。信中又谈到《雷雨》《日出》，流露出一片惜才之情，体现着诚挚的爱才之意，这是学长般的关爱，是好友之间的心声。周恩来特地邀请他去做客。从那以后，曹禺便一次次去看望周恩来。每次去的路上，都感到走起路来身轻似燕、健步如飞、脚下生风。一踏进曾家岩 50 号的小门，就觉得把国民党陪都重庆的污浊都撇在了外面，呼吸到新鲜的空气。一看到周恩来亲切的微笑，阳光就照进了心中。周恩来知道曹禺生活清苦，有时吃不饱肚子，就邀曹禺来曾家岩和他一起吃饭。重庆的冬天十分阴冷，曹禺穿得单薄，周恩来送他一块延安纺的灰色粗呢，让他缝衣御寒。有一回，曹禺提出想到延安去，离开国统区的丑恶和阴暗。周恩来用亲切的目光看着曹禺，循循善诱地劝他留下，说："这里需要人，国统区也一样有重要的工作要做。"有一天，曹禺和周恩来一起去南渝中学，看望南开读书时的老校长张伯苓。张校长见自己的两个得意门生专程前来看望，十分欣慰，高兴地拉着他们的手，与他们交谈。从张校长家出来，曹禺搭乘周恩来的车。走到半路上，周恩来让司机把车停下来，叫曹禺下车，说："你不半路下车，叫国民党特务看见，就把你当共产党抓了。"在多次接触中，周恩来都给曹禺留下深刻美好的印象。曹禺对党的认识，对党的感情，对党所抱的希望，就是这样凝聚起来的。曹禺在长夜漫途上，心中有了一盏指路明灯。

　　1945 年 9 月，毛泽东主席赴重庆，与国民党当局就国内和平进行谈判。为了团结和教育更多群众，揭穿蒋介石假和平真内战的阴谋，周恩来亲自安排了社会各界知名人士会见毛泽东主席。曹禺接到通知，和一些作家来到毛主席居住的上清寺的一座二层楼。刚刚坐定，毛主席在周恩来等人的陪同下走进客厅。毛主席微笑着与大家一一握手、问好。周恩来向毛主席介绍："这是万家宝先生。《雷雨》《日出》的作者。""喔，您就是万家宝先生。您的《日出》在延安上演后，大家的反应很不错。足下春秋鼎盛，好自为之。"毛主席说完，伸出手，曹禺紧紧地握住。1940年，毛泽东主席建议延安也应该演出国统区著名作家的剧作，说："《日出》就可以演。"经过一段时间紧张的筹备、排演，《日出》在延安上演了，演出效果很好，鲁迅艺术学院还给曹禺发了贺电。如今毛主席亲自说起这件事，曹禺很感动。对毛主席"足下春秋鼎盛，好自为之"的期望，他深深地印在脑际。他也由衷地感谢周恩来，使他非常荣幸地见到了这位中国现代史上的伟人。

剧作家吴祖光是曹禺的老朋友。1946年元旦前夕，他应约去上海编辑《新民晚报》。出发之前，去看望周恩来，谈了两个小时，而其中一半的时间是周恩来仔细地询问曹禺的情况，向吴祖光了解曹禺的写作情况、家庭问题、婚姻问题。周恩来让吴祖光谈得具体点、详细些，对曹禺的关心爱护是十分感人的。

（2）谆谆教诲

新中国成立初期，周恩来总理和曹禺作了一次长谈，询问他的生活和创作情况。曹禺自1947年写电影文学剧本《艳阳天》以来，已经五年没有新作了。周总理希望他重新拿起笔来。曹禺觉得对知识分子比较熟悉，想写知识分子的思想改造。周总理认为这个主题很重要，很值得写。谈话中，还对曹禺谈了中国知识分子的特点、中国知识分子的发展道路。周总理的支持增强了他的信心，曹禺下定决心写知识分子思想改造的题材。经过深入生活、调查研究，精心构思、反复推敲，成功地创作了三幕六场话剧《明朗的天》，公演引起轰动。在第一届全国话剧观摩演出活动中，该剧荣获剧本一等奖。

周总理很关心曹禺的创作情况。当发现他有了倾向性的问题便及时地提出中肯意见，帮助他克服前进中的障碍。1962 年，在一次话剧、歌剧、儿童剧部分作家参加的紫光阁会议上，周总理在讲话中批评创作中出现的"新的迷信"——教条主义、极左文艺思潮——捆住了作家的手脚。讲话中指名批评了曹禺。周总理说："新的迷信把我们束缚起来了。于是作家们不敢写了。曹禺同志是有勇气的作家……但他写《胆剑篇》很苦恼"，"《胆剑篇》有它的好处，主要方面是成功的，但我没有那样受感动。作者好像受了某种束缚，是新的迷信所造成的。"接着又亲切地说："因为他是党员，又因为他是我的老同学老朋友，对他要求严格一些，说重了他不会怪我。曹禺同志，今天讲了你，你身体也不好，不要紧张。"听了周总理的批评，曹禺很感动。他后来回忆这件事时说："总理对我的批评，我听了心中热乎乎的，我毫无紧张之感，觉得如释重负。他希望作家们把沉重的包袱放下来，从'新的迷信'中解放出来，我是受到鼓舞和激励的。"

（3）寒夜春风

1966 年 12 月一个黑暗的寒夜，灾难降临到曹禺头上。一群红卫兵闯进曹禺家中，不容分说，就把曹禺从床上拖下来，呼叫着把他塞进汽车，押到了中央音乐学院的礼堂。这里正在批斗彭（真）、罗（瑞卿）、陆（定一）、杨（尚昆），在这四人后面还站着一列挂着"走资派""反动学术权威""反革命修正主义分子"等大牌子的人。这场文艺界批斗会是江青亲自批准的。周总理知道曹禺被抓走后，便亲自赶到现场。他对红卫兵说："曹禺算什么？他算什么走资本主义道路的当权派！他是人民的戏剧家，是共产党员……你们应当马上把他放了。"曹禺踉踉跄跄走回家，一路上热泪涌流不止：敬爱的总理呀，我让你操心受累了。

1972 年，香港和国外报纸刊登了一条消息："中国的莎士比亚正在剧团做看大门的工作。"从"文化大革命的旗手"江青到文化部的大大小小新贵们都很震怒、惊恐，只好作出决定：让曹禺由看北京人民艺术剧院的传达室改为看北京人民艺术剧院宿舍的传达室，打扫垃圾，不准乱说乱动。那时挨批斗已是家常便饭，他成天提心吊胆，天天服安眠药，戒了很久的烟又抽上了。有一天，他痛苦地跪在地上，央求妻子方瑞："你帮助我吧，用电电死我吧，我不想再活了！"他再也经受不住折磨了。1974 年，方瑞受迫害病逝，曹禺的日子更难熬了。1974 年 9 月的一天，一位中年妇女走进曹禺家，害病躺在床上的曹禺一愣，他因服安眠药过量，舌头已经变得肿大了，说话含糊不清。他猛地想起来了。"张颖同志……"叫了一声便哽咽起来，泪水从他失神的双眼中奔涌而出。"曹禺同志，您要振作起来，好好保养身体。党和国家需要你作贡献。总理和邓大姐让我向你问好。"曹禺听完张颖的话，很吃力地握住了张颖的手。先前呆滞的目光一下子像看到迸爆的火花一样，顿时有了神采。他的舌头仍不灵活，可他努力地转动它，反反复复地说："周总理，周总理！请您替我谢谢他，谢谢他！……"滚烫的泪一滴一滴落在张颖被他紧握的手上。1974 年秋天，在中国沉默七年之久的曹禺的名字，第一次在报上堂堂正正地出现了。《人民日报》报道了他参加会见千田是也等一批日本戏剧家的消息。这次接待外宾的亮相，是周恩来总理精心安排的。很快，国际上许多报纸纷纷刊载"中国的莎士比亚曹禺又复出了"的消息。不久，曹禺给周总理写了一封信，表示要将有生之年献给人民。在周总理的关怀下，曹禺获得解放，被安排在北京话剧团工作。1975 年 1 月 5 日—17 日，曹禺参加了第四届全国人民代表大会预备会和第一次会议。

（4）永恒纪念

1976 年 1 月 8 日清晨，曹禺从一场噩梦中醒来。哀乐声声，中国人民在哭泣，曹禺心中最尊敬的引路人、全国人民敬爱的周总理逝世了。曹禺没听完讣告便失声痛哭起来。他想起当年在南开读书时，张伯苓校长曾向同学们讲述这位志在"为中华之崛起而读书"的老学长；想起在重庆曾家岩时，博学多才、礼贤下士的周先生；想起新中国成立初期和他的那次长谈、那次中肯的批评；想起"文革"初对他的解救，两年前周总理安排他"亮相"；特别是在四届人大会上周总理抱病作报告的情景……他伏案痛哭："为什么不让我去代替您死啊！中国人民少不了您呀……"4月5日清明节在即，天安门广场人民英雄纪念碑前，悼念周总理的花圈成山，白花似雪；悼念者络绎不绝，人流成河。人们自发地祭奠这位高德伟人。一连几天，曹禺的四个女儿万黛、万昭、万方、万欢早早出去，夜深才回来，她们似乎都在神秘地忙着什么。曹禺问她们问不出个究竟，实在憋不住了，他一个人拄着手杖到了天安门广场。在花的海洋中、浪潮般的人流里，几经寻觅，他看到了女儿们的身影。他很欣慰：好啊，女儿们和他的心是相通的，都心向周总理啊！

一举粉碎"四人帮"的喜讯传来，曹禺高兴得一个人久久地在北京大街上走呀，走呀。他心里升起个念头，要做的第一件事儿，就是尽快完成《王昭君》的创作。那是周总理生前亲自交给他的任务啊。他记忆犹新：1961年初的一天下午，在全国政协礼堂，周总理和曹禺等一起交谈。内蒙古一位领导同志向周总理反映，在内蒙古地区，蒙古族的小伙子要想找汉族姑娘做对象是挺难的；汉族姑娘一般都不愿意嫁给少数民族。周总理说："要提倡汉族姑娘嫁给少数民族，不要搞大汉民族主义，古时候有个王昭君是这样做的。"接着，周总理转身对曹禺说："曹禺同志，你就写王昭君吧。"在这里顺便插叙一件事实。周总理的亲侄女周秉建，带头响应伯父周总理的号召。1979年国庆节，她和蒙古族歌手拉苏荣结婚了。倘若周总理灵魂有知，他定然会含笑九泉的。

曹禺冒酷暑远赴新疆，追踪我国古代兄弟民族交往的足迹，收集资料，感受生活。他精心构思，夜以继日地撰写、修改，终于在1978年10月21日把五幕历史话剧《王昭君》定稿了。他把这部剧作庄严地敬献给敬爱的周总理，作为永恒的纪念。他深情地望着一摞文稿，想着往事，想着、想着，伏在桌上呜咽起来了："周总理啊，我想念您……"

（六）大师剧魂永铸

凡是学习过中国现代文学史的人，都熟谙一个顺口溜："鲁郭茅，巴老曹，外加一个赵。"在我国现代文学史上，鲁迅、郭沫若、茅盾、巴金、老舍、曹禺和赵树理文学成就卓著，贡献巨大，影响深远，地位重要。宛如浩瀚苍穹里的大熊星座北斗七星，这七颗巨星与夜幕上的群星交相辉映，构成了繁星似锦、星光灿烂的中国现代文学天宇。

"鲁郭茅"是中国现代文学的奠基人。鲁迅是伟大的文学家、伟大的思想家、伟大的革命家。在"五四"新文化运动中，是攻击封建文化营垒的文学新军的旗手和主将；他的《狂人日记》是现代文学大厦的第一块基石，短篇小说集《呐喊》《彷徨》，为我国现代小说首开风气，奠定了不拔之基；他的杂文自成一家，卓尔不群，博大精深。郭沫若是中国新诗的开拓者，他的诗集《女神》是我国新诗史上开一代诗风的奠基作。鲁迅的小说和郭沫若的新诗，是现代文学的第一座高峰。茅盾在"五四"文学时期，倡导"为人生而艺术"的主张，成为现代文学发轫时期的文艺主潮；他的《子夜》是优秀的社会分析小说，杰出的现实主义力作，是我国现代长篇小说的里程碑，对现代长篇小说创作具有开拓意义；《子夜》和"农村三部曲"（《春蚕》《秋收》《残冬》），是茅盾绘制的我国20世纪30年代壮丽的历史画卷。巴金是控诉封建大家庭的文学巨匠。他的"激流三部曲",尤其是《家》的问世,为当时文坛带来了新气息,不仅对资产阶级的颓靡陈腐文风是个大扫荡,而且对进步文艺界流行的"革命+恋爱"的公式化和"突变式英雄"模式的创作倾向也是个大突破;《家》和较它稍后出现的《子夜》,共同为我国现代长篇小说的创作开辟了新阶段,标志长篇小说创作进入了成熟期和丰收期。老舍是描写城市底层生活的城市贫民作家。他把城市底层人民生活引入文学领域,并获得极大成功,《骆驼祥子》《月牙儿》《龙须沟》《茶馆》等,使他同世界上几位描写城市贫民生活的文学大师陀思妥耶夫斯基(俄)、狄更斯(英)等比肩而在;作品中展示的"亲、俗、白"的独特韵味,是在文艺民族化、大众化方面的新突破。茅盾、巴金、老舍和曹禺的著作,构成了现代文学的第二个高峰。赵树理是中国现代文学第三个高峰的代表,他是抗日战争后期驰名文坛的;被誉为描写新农村、新农民的"铁笔""圣手";他率先走上一条崭新的文艺为工农兵服务的道路,在发扬文艺的民族传统和文艺大众化方面作了突出的贡献,起到方向性的示范作用;他的《小二黑结婚》《李有才板话》《李家庄的变迁》等,以新的题材、新的人物、新的主题和为中国老百姓喜闻乐见的形式,传播了中国的光明区域——解放区——的最新信息。

曹禺在中国话剧史上的成就、贡献、影响和地位,犹如鲁迅在中国现代小说史上,郭沫若在中国新诗史上的地位。他开中国话剧一代风气,使中国话剧走向成熟,是中国现代最杰出的戏剧大师,是跻身于世界戏剧之林的文学巨匠,他被誉为"中国的莎士比亚"。

曹禺的剧作,特别是代表作《雷雨》《日出》《北京人》自问世以来,受到广大观众、读者的热烈欢迎,得到评论界普遍好评,屡演不衰，显示了强大的生命力。粉碎"四人帮"，进入社会主义新时期以后，一股"曹禺热"兴起来了。这股"曹禺热"伴随着席卷祖国大地的思想解放浪潮而来，又伴随着对历史的反思热潮而深入。这是历史酝酿的迸发，是现实发展的必然。在中国现当代文学界、戏剧界，对曹禺研究达到空前的高涨。论文、剧评、专著等纷纷涌现，数量大、质量高，并且初步形成了一支曹禺研究队伍。这不仅是对曹禺研究前所未有的，而且在中国现代作家研究中也是较为突出的。研究者冲破种种"左"的束缚，打破传统的局限，摒弃庸俗社会学的影响，力图从中国现代文学和中国话剧发展的历史中，从美学角度来评价和探讨曹禺剧作的价值和成就。其中最突出的是曹禺在中国现代文学史和中国话剧史中的地位得到重新评价。曹禺研究专家朱栋霖说："曹禺，就是中国现代戏剧史上，为时代呼唤而诞生的'集体性人物'中一位杰出艺术家"；中国现代文学史专家唐弢，从中国话剧历史发展的角度，称曹禺是"开中国话剧一代风气"的剧作家；中国话剧研究专家田本相认为，曹禺是一位"走向世界的剧作家"。伴随着曹禺研究热潮，曹禺在新中国成立前的剧作如《雷雨》《日出》《北京人》等，重新在各地上演，并陆续搬上银幕、荧屏。"生不逢时"，问世后便被冷落压抑44年之久的《原野》，也被搬上银幕、搬上舞台，学术界又重新展开再评价和再探讨，形成一股小小的"《原野》热"。

　　曹禺的剧作在海外的影响日益扩展。香港对曹禺的戏剧始终怀有热情，在"四人帮"肆虐横行的岁月里，香港24个剧社联袂演出，市政局主办了"曹禺戏剧节"，上演了《北京人》《蜕变》《胆剑篇》。此外，李援华从曹禺剧作中抽取片断编成一个剧目，名叫《曹禺与中国》，全剧三幕。据李援华说，他之所以编写这个剧目，是"觉得曹禺所有的作品都和中国社会有很大关联；而他在多年写作过程中，思想意识又随着自己对社会的认识加深而变化。于是，我决定通过这个剧本，反映我国近40年来的重大变动，目的是加深本港的年轻人对中国的认识和关心，并推动他们体会曹禺在各作品中所流露的观点及作出自己的评价"。此次曹禺戏剧节在香港影响较大。打倒"四人帮"以后，《雷雨》等剧作又不断上演。1980年，北京人民艺术剧院赴港演出《王昭君》；香港良友图书公司积极配合，出版了《曹禺〈王昭君〉及其他》。此次演出在香港产生较好影响。1986年2月，中国青年艺术剧院赴港演出《原野》，观众反应十分热烈。

曹禺的剧作在国外的影响也在不断扩展着。在前苏联、东欧各国，曹禺的剧作早就搬上舞台。1987年5月，曹禺会见美籍华人学者赵浩生教授时说，苏联演过他很多戏，"好像是忽然一阵狂热，大约演了两三千次《雷雨》。"1981年，罗马尼亚演出《雷雨》；1983年，《雷雨》在莫斯科再次上演。美国继演出《日出》《北京人》之后，1984年演出《家》。在国外，日本是最早翻译演出曹禺剧的国家。1981年12月，东京民艺团演《日出》，曹禺为这次演出写了《作者的话》；1984年5月，大阪关西大学中文系学生用汉语演出《雷雨》。为了排好《雷雨》，扮演剧中人物的演员专程自费来中国。1985年9月5日至16日，上海人民艺术剧院在日本东京光城剧场演出《家》，10天连演10场。据组织演出的日本朋友说："在日本举行公演的外国剧目，多半在东京只能公演两三天即转移到外地，因为只有这样才能维持满座；在东京能够连续演满10场，保持盛况不衰的，大概只有两年前的《茶馆》和这次的《家》。"《家》的艺术魅力吸引了日本观众，得到日本戏剧界同行的好评。1982年10月21日至11月4日，曹禺作为中国戏剧家代表团团长再次访问日本。此行得到日本戏剧界的热情接待。日本有一批曹禺戏剧研究专家，其中庆应大学教授佐藤一郎是最有代表性的。他对曹禺及其戏剧的评论很有见解，他说："在中国近代戏剧史上，若要推出一位代表作家，当首推曹禺"，"曹禺是一个造型力非常卓越的作家"，"他的造型能力使全剧紧紧地把握，而成为浑然一体的世界，他把满腔的热情倾注到造型上"。他认为，曹禺的"造型能量的源泉，来自中国的文学传统"，尽管曹禺接受过外来影响，但所塑造出来的人物却是"古陶和黄土的子孙"。曹禺的话剧译作在日本较多。最早的是 1936 年影山三郎、郑振铎的译本《雷雨》。《日出》有 3 种译本，《北京人》有 3 种译本，此外还译有《原野》《蜕变》《胆剑篇》。

　　曹禺不仅创作剧本，而且从新中国成立开始就担任戏剧界重要领导，为繁荣我国戏剧事业，推动话剧活动的发展，兢兢业业，不懈努力。1949 年底，中国戏剧学院成立，欧阳予倩任院长，曹禺任副院长；1952 年，曹禺任北京人民艺术剧院院长，全国文联执行主席、剧协主席。1978 年 4 月，邓颖超同志亲自写信，代表中共中央政治局宣布恢复北京人民艺术剧院，并宣布曹禺为院长——不但现在是，而且永远是剧院的院长。曹禺是北京人民艺术剧院的"永远的院长"！

　　他的女儿万方出版小说集《和天使一起飞翔》，曹禺抱病为她写序《万方，我的女儿》。他在序中欣慰地写道："在我的女儿里，万方是比较像我的。所以她成了写东西的人。她写的东西我看过，小说《杀人》《和天使一起飞翔》，我觉得有力量，给人思索……我说万方像我还有一点，我写剧本是为在舞台上给观众看的，她写小说好像也是给读者看的，读起来不费力，有引人入胜的感觉，这一点我感到满意。"曹禺的笔传给了女儿万方，万方写的东西他感到满意。以家传而言，戏剧大师曹禺后继有人了，曹禺的写作生命在女儿万方身上得到了延续。

　　1996 年 12 月 13 日凌晨，死亡悄无声息地把曹禺微弱的生命之火吹灭。曹禺生前曾让老伴李玉茹记下两句诗："风雨一生难得过，雷电齐来一闪无。"他走得很平静、很超然，无牵无挂，无恐无惧，像闪电般地去了。斯人虽逝，剧魂永铸！正如巴金的挽联上所写："家宝没有去，他永远活在观众和读者的心中"。他留给我们的《曹禺全集》（田本相、刘一军主编，山花文艺出版社出版），是一座巍峨的丰碑，矗立在中国现当代文学的天地间。以他的名字命名的"曹禺戏剧文学奖"，是奖励我国戏剧创作最高水平剧作的。这个奖项，把曹禺的名字永远与中国的戏剧连在一起。

二、"五四"风雷催骤雨

《雷雨》所描写的是发生在一个带有封建性的资产阶级家庭周公馆的悲剧，它以"五四"前后的中国社会为历史背景。"五四"时期是中国历史上重要的转折时期。"五四"新文化运动，对中国现代史产生了巨大而深远的影响；"五四"运动则标志着中国由资产阶级领导的旧民主主义革命转变为由无产阶级领导的新民主主义革命。从此，中国的历史由近代史进入了现代史。

"五四"新文化运动是"五四"运动的先导和产床。"五四"新文化运动是当时社会的政治和经济在观念形态上的反映。换句话说，"五四"新文化运动的发生，是有深刻的政治原因和经济原因的。1911年爆发的辛亥革命虽然推翻了清王朝，扯下了黄龙旗，换上了中华民国的牌子，但这只是在表面上完成了国体革命，而实际上，由于袁世凯篡夺了辛亥革命的胜利果实，致使封建势力又卷土重来。袁世凯政权阴谋复辟帝制，在思想文化领域掀起了一股尊孔读经、复古倒退的逆流。袁世凯颁布一系列"祭天祀孔"告令，说什么"孔子之道，亘古常新，与天地无极"，"如布帛菽粟之不可离"。已经堕落为保皇派的康有为在《请饬全国祀孔仍行跪拜礼》文中说："中国民不拜天，又不拜孔子，留此膝何为？"1913年的《宪法草案》规定"以孔子之道为修身之本"。1914年制定《教育纲要》，规定各级学校"应崇奉古圣贤，以为师法，宜尊孔尚孟"。在袁世凯政府的推动下，国内的官僚、政客、买办分子、封建文人和外国来华的文化掮客相互勾结，紧锣密鼓，奏起了"君宪救国论"的滥调。"尊孔会""孔教会"纷纷在全国各地建立起来。一时间，"中国之新命必系于孔教"的论调甚嚣尘上。

"国家的情况一天一天坏，环境迫使人们活不下去。"（毛泽东语）先进的中国人在苦闷彷徨中继续探索救国救民的真理，复古逆流如此猖獗，使人觉悟到辛亥革命不仅在政治上，而且在思想方面也失败了。他们深感到要实现真正的民主共和国，还必须大张旗鼓地揭露封建思想的罪恶，大力宣传资产阶级民主主义思想，进行思想领域里的革命。孙中山先生领导的中华革命党创办的《国民杂志》《民国日报》对袁世凯大张挞伐，反对专制独裁，要求建立真正民主的中华民国。李大钊、陈独秀等一批激进的民主主义者，在《甲寅》等杂志上发表文章，揭露帝国主义侵略罪行，抨击军阀官僚的专制统治。

"五四"新文化运动的兴起，不仅有袁世凯等宣扬孔教、复古倒退的现实背景，更有其深刻的历史原因，那便是第一次世界大战的爆发使我国政治和经济上发生了巨大变化。第一次世界大战期间（1914—1918年），欧美帝国主义列强忙于战争，暂时放松了对中国的压榨和掠夺，中国民族工业得以迅速发展。第一次世界大战前夕，中国工矿企业工人达60多万人，加上海员、铁路工人，总数达100多万人。到1919年"五四"运动时，已发展到200万人左右。中国工人阶级成为一支独立的政治力量，从此肩负起领导中国人民进行反帝反封建革命斗争的历史使命。中国工人阶级要求彻底的反帝反封建斗争，这是新文化运动的坚实基础。在中国工人阶级尚未走上政治舞台之前，日渐成长起来的中国民族资产阶级极力表现他们的愿望和要求，反对封建主义的束缚。于是，一场资产阶级民主思想的启蒙运动应运而生了。这就是以1915年9月《青年杂志》（自第二卷起改名为《新青年》）创刊为标志的"五四"新文化运动。《新青年》由陈独秀主编,李大钊、鲁迅、胡适等人先后担任该刊主编或编辑。许多激进的民主主义者逐渐集结在《新青年》周围。1916 年,《新青年》杂志编辑部由上海迁到北京。陈独秀被北大校长蔡元培聘为文科学长(即文学院院长),《新青年》和北大师生结合在一起,成为新文化运动的坚强阵地。

新文化运动的基本内容是,提倡科学和民主,即科学与人权并重。民主是专制主义的对立物,科学是蒙昧主义的对立物。以法律上的平等人权反对封建专制主义的政治制度,以伦理上的独立人格(即个性解放)反对封建主义的家族制度,以学术上的思想自由反对儒家一尊的文化专制主义,以科学的求实精神和理性主义反对封建迷信、偶像崇拜等,总之,牢牢抓住反封建思想这个纲,以民主和科学为思想武器,向封建主义的政治、思想、道德、文化、习惯展开了猛烈的攻击。陈独秀在《新青年》创刊号上发表了《敬告青年》一文,揭露当时中国社会的黑暗,历数其罪行,希望青年树立"自主的而非奴隶的""进步的而非保守的""进取的而非隐退的""世界的而非锁国的""实利的而非虚文的""科学的而非想象的"精神,去追求科学与民主。李大钊在《青春》中,号召青年"冲决过去历史的网罗,破坏陈腐学说的囹圄,不断追求进步,不怕困难,顽强奋斗,催促青春之中国的诞生",鼓励青年们"创建青春之家庭,青春之国家,青春之民族,青春之地球,青春之宇宙,资以乐其无涯之生"。新文化阵营中的重要成员吴虞,在《新青年》上连续发表《家族制度为专制主义之根据论》《礼论》《吃人与礼教》等多篇论文,认定封建的家族制度乃是专制制度的社会根基,封建礼教是联系两者的纽带,怒斥孔子,提出"打倒孔家店"的号召。他尖锐地指出:"吃人的就是讲礼教的,讲礼教的就是吃人的"。吴虞在"五四"前后名噪一时，被称为"只手打倒孔家店的英雄"。鲁迅是新文化运动的旗手和主将，他给封建复古派以毁灭性打击，发表了《狂人日记》《孔乙己》《药》《随感录》《我之节烈观》等小说和杂文，猛烈地向旧礼教挑战、进击，指出"仁义道德"的实质就是"吃人"，抨击封建主义毒害知识分子和广大劳动人民的罪行，高声呐喊打倒旧传统、旧礼教，呼吁"救救孩子"，解放妇女。

新文化运动为"五四"运动的爆发奠定了思想基础，作了舆论准备。1919年初，美、英、法、日等帝国主义国家在巴黎召开分赃会议"巴黎和会"，无视中国的利益和尊严，竟然决定由日本接管德国在中国山东的各种特权。消息传出，举国愤怒。1919年5月4日，北京数千名学生在天安门前集会，高呼"外争国权，内惩国贼""诛卖国贼曹汝霖、章宗祥、陆宗舆""还我山东""取消二十一条"等口号，会后游行示威。北洋军阀政府派军警镇压和逮捕学生。第二天，北京各专科以上学校学生举行总罢课抗议，全国各地学生纷纷游行示威，声援北京学生。6月3日以后，中国工人阶级以巨大声势参加运动，上海、唐山、长辛店和九江等地工人相继举行政治罢工。中国工人阶级作为一支独立的政治力量登上政治舞台，把爱国运动推向一个新阶段，运动迅速扩展到全国22个省的150多个城市。这次彻底地不妥协地反帝反封建的爱国运动，是中国新民主主义革命的伟大开端。从此，中国革命踏上辉煌的新征程。

"五四"运动洪流汹涌澎湃，一泻千里，席卷神州大地。高氏豪门，鬼哭神泣：高老太爷呜呼归西；"垮了的一代"克字辈兄弟，奄奄一息；鸣凤投湖，以死抗议；瑞珏惨死，呼天抢地；反封建的勇士高觉慧冲出家门，投身到沸腾的生活激流中去。于是巴金奋笔疾书，创作了长篇小说《家》。面对一个垂死的制度，他说："我控诉！""五四"革命狂飚摧枯拉朽，风雷激荡，震撼赤县寰宇。周氏公馆，一片狼藉：四凤、周冲触电身亡；周大少爷开枪自毙；繁漪惊呼狂叫，跑来跑去；周朴园魂飞魄散，哭哭啼啼；产业工人代表鲁大海怒不可遏，组织矿工兄弟再罢工，与董事长周朴园斗下去。于是，曹禺酝酿五年，创作了四幕悲剧《雷雨》。他说："《雷雨》是我的第一声呻吟，或许是一声呼喊"，"我正在发泄着被压抑的愤懑，毁谤着中国的家庭和社会。"

三、惊天动地大"雷雨"

　　《雷雨》的故事发生在 20 世纪 20 年代初。夏天的一个上午，天空灰暗，格外闷热，看来是要下场暴雨。在北方某城市周公馆的客厅里，使女四凤在给太太繁漪滤汤药。她今年 18 岁，是个人见人爱的好姑娘。这两天，四凤很劳累。老爷周朴园大前天晚上从矿上回来了，他是煤矿公司的董事长。近些日子矿上又闹罢工了，他很焦虑，一回到公馆看什么都不顺眼。小客厅里，太太添置了几件新家具，他看了很不满意，叫仆人把新家具搬出去，把小客厅内的摆设按照他的规定，仍然保持 30 年来一成不变的样子。他还说繁漪肝郁，叫人给她抓了药，让四凤熬好了给太太送上楼去。

　　总管鲁贵把给老爷擦好的黄皮鞋放下，一边用袖子擦脸上的汗，一边告诉正在滤药的女儿四凤：太太听说四凤在济南做校役的母亲回来休假，让她到公馆来当面谈谈。鲁贵 48 岁，吃喝玩乐，经常出入赌场，欠下不少债，很贪婪，见了钱就忘了命。他对四凤说："回头见着你妈，别忘了把新衣服拿出来给她瞧瞧"，还让四凤告诉母亲，在这儿吃得好、喝得好，白天在公馆伺侯太太少爷，晚上一直按她说的回家睡觉。四凤听人说母亲侍萍过去也给有钱人家当过使女，读过书，知书达理。她去济南后，一连写来好几封信，不让四凤给有钱人家当使女，可是鲁贵不听，他在周公馆给四凤找了个使女的差事。四凤到周公馆一年多了，她很少回家，经常住在公馆。大少爷周萍喜欢她，两个人很亲热，大少爷送她衣料、戒指、钱，还有时半夜用汽车送她回家。想起这些，她心里嘭嘭跳，她很害怕妈妈知道。其实这一切她父亲鲁贵早就看在眼里了。鲁贵说这几天手气不好，玩了几把都输了，他让四凤匀给他七块八块的还赌债，四凤不肯。

父女俩正为"匀钱"的事僵持着，鲁大海走进客厅。他是四凤的同母异父哥哥，鲁贵的半个儿子。刚生下三天他母亲被遗弃，寻死获救，带着他改嫁两次，最后嫁给了鲁贵。他27岁，当过兵，拉过人力车，干过机器匠，两年前到煤矿上当了井下工。前些天煤矿工人罢工，他是带头人之一。罢工遭到警察镇压，鲁大海和另外三位工人代表受煤矿工会的委托，前来与煤矿公司董事长周朴园谈判。他们四个工人代表已经与周朴园约好今天谈判。今天早晨，他在门房等了好久，约定时间早过了，也没有见到周朴园和另外三个工人代表，于是他来找鲁贵，让代他通报一声。

鲁贵到书房去了。鲁大海劝妹妹四凤把周家的活辞了。他说，周家的人不是好东西。他还告诉四凤，刚才路过花园，看见一个年轻人在那儿躺着，脸色发白，闭着眼睛，像是要死的样子。听说他是周家大少爷，是董事长的儿子，真是活该、报应。四凤生气了，说哥哥不该这样，其实周家大少爷待人顶好的。鲁贵回来了，他说老爷的客人太多，刚把警察局长送走，又来了一个。他让鲁大海跟他到外边去等一会儿。

繁漪为什么要让侍萍来见她呢？她不是周朴园的原配妻子，18年前，周朴园用引诱的手段把她骗进周公馆。在周公馆这个牢笼里，她被活活地困住了，残酷的精神折磨把她渐渐磨成石头人，她只得安安静静地等死。不料三年前，周朴园的大少爷周萍从乡间来到周公馆。周萍比后母繁漪小7岁，周朴园几乎长年在矿上，周萍对后母的境况很同情。繁漪见到周萍后，突然有了生活乐趣，她把周萍当作自己脱离苦海的希望，把生命、名誉都交给了他。

他们相爱了，常常夜里在客厅里幽会，于是便发生了鲁贵对四凤讲述的"闹鬼"事儿。

三年前，周朴园在矿上。周公馆阴森的大院子里，只有太太繁漪、二少爷周冲、大少爷周萍住，二少爷胆小，叫鲁贵在他们门口睡。一个秋天的晚上，半夜里二少爷忽然把鲁贵叫起，说小客厅又闹鬼了，硬叫鲁贵去看看。鲁贵直发毛，那时刚到周公馆当差，少爷说了，他不敢不听从。于是他喝了两口烧酒壮壮胆子，穿过荷花池，偷偷地钻到门外的走廊旁边。他轻手轻脚地走到小客厅门口，就听见屋子里"啾啾啾"地像个女鬼在哭，哭得很惨。鲁贵心里怕极了，可是越怕越想看。就硬着头皮，从窗缝儿向里望。只见桌子上点着一支要灭不灭的蜡烛，恍恍惚惚地看见两个穿着黑衣裳的鬼并排地坐着，从背面看像是一男一女。女鬼靠着男鬼的身子哭，那个男鬼低着头直叹气。鲁贵乘着酒劲，朝着窗户缝儿轻轻咳嗽一声，两个鬼"飕"地一声分开了。他们脱身时都朝窗户方向回头望了一眼，这样一来两个鬼的脸都正对着鲁贵，鲁贵清清楚楚看个真切：这哪是什么鬼呀！那女的分明是太太繁漪，那男的是大少爷周萍呀！

半年多以前，大少爷喜欢上四凤，从此就疏远了繁漪。繁漪空虚而寂寞的生活里不能没有周萍，她要紧紧抓住他，把他从四凤怀中夺回来。她让侍萍到周公馆来，就是为了赶走四凤。

鲁贵回到客厅，就把太太刚才叫他去火车站接四凤妈来公馆，让四凤妈把四凤领回去的事儿告诉了四凤。四凤惧悔交加，流着泪哀求父亲说，就是死也不能叫妈知道她在周公馆的这些事儿。鲁贵轻轻地抚摸着四凤说："孩子，爸疼你，不要怕！太太不会辞你的，还有一个人叫她怕呢。"四凤问："太太怕谁？"鲁贵说："她怕你爸爸，你爸爸会抓鬼。"

四凤端着滤好的药正要上楼送给太太，繁漪从楼上下来了。

她35岁，脸色苍白，面部轮廓很美。她有着"雷雨般"的性格，有一股不可抑制的蛮劲。她爱起人来像一团火那样热烈，恨起人来也像一团火能把人烧毁。周朴园从矿上回来两天了，她推说不舒服，在楼上不下来。当她得知周萍要去矿上做事，再也安稳不住了，她走下楼很自然地望着四凤，向四凤拐弯抹角地问周萍的事儿，四凤机警地回避着。繁漪问："听说大少爷也要到矿上去，是么？"四凤答："我不知道。"又问："他现在还没起来么？"仍回答："我不知道。"再问："他昨晚什么时候回来的？"四凤脸红了，说："我每天晚上总是回家睡觉，我不知道。"仍旧问："他又喝醉了么？"四凤说："我不清楚。"接着转换了话题："太太，您吃药吧。"繁漪问："谁说我要吃药？"四凤告诉她是老爷吩咐的。繁漪喝了一口，说："苦得很，倒了它。这些年喝这种药，我是喝够了。"

二少爷周冲是繁漪生的，今年17岁。他到处在寻找四凤，满面是汗地跑进小客厅，四凤答应着："我在这里"。周冲看见母亲，关切地问："妈，怎么下楼来了？这两天我到楼上看您，您怎么总是把门关上？妈，我正有许多话要跟您说。"他喝了四凤送过来的汽水，仍然说"热"，繁漪叫四凤打开窗户，四凤说："老爷说过不叫开。"繁漪坚持让打开，周冲帮助四凤移开窗前花盆把窗户打开了。繁漪让四凤去厨房看给老爷准备的素菜。周冲兴冲冲地向母亲讲了向四凤求婚的事，他说四凤是世界上最使他满意的女孩。可是四凤拒绝了他，她说她心里另外有个人。周冲向母亲表示，爱情免不了波折，四凤会渐渐喜欢他的。他还希望爸爸能允许他从自己的教育经费中分给四凤一半供她上学。繁漪说："你真是个孩子，你父亲一句话就把你所有的梦打破了。"

周冲还告诉母亲，哥哥要到矿上做事，明天就走。正说着，周萍打着呵欠，颓丧地走进客厅，只跟弟弟打个招呼。繁漪见他没理自己，便叫了一声"萍！"周萍说："哦，您也在这儿。"接着说了他明天去矿上的事，繁漪说："哦，好得很——什么时候回来呢？""也许两年，也许三年。"繁漪笑了笑："我怕你是胆小了吧？这屋里曾经闹过鬼，你忘了。""我没忘，这儿我住厌了。"周萍说完要走，周朴园进来了。他55岁，鬓发已经斑白，戴着椭圆形的金边眼镜，一对沉鸷的眼睛在镜片下闪烁着，身体微胖，有点伛偻；穿着一件团花的官纱大褂，里面是白纺绸衬衫。满身是富贵的特征，有作为的董事长丰采。周萍、周冲见了，齐声叫了声"爸"。繁漪问矿上罢工的情况，周朴园说，昨天已经复工了，把工人谈判代表鲁大海开除了。周冲听说"开除了鲁大海"，便说："爸爸，这个人脑筋很清楚，我方才跟这个人谈了一回。代表罢工的工人并不见得就该开除。"周朴园"哼"了一声，立刻把周冲顶了回去："现在一般青年人，跟工人谈谈，说两三句不关痛痒、同情的话，像是一件很时髦的事情！""我自命比你这种半瓶醋的社会思想要彻底得多！"周朴园说10分钟后还有一个客人来，问大家关于自己还有什么话说。

四凤端了碗普洱茶走进客厅，周朴园忽然想起让四凤给繁漪熬的汤药来，问四凤："叫你给太太煎的药呢？"繁漪忙说："倒了，我叫四凤倒了。"周朴园用慢悠悠的语调不满地说："倒了？哦？倒了！"然后问四凤："药还有么？"四凤小心翼翼地回答："药罐里还有一点。"周朴园说："倒了来。"繁漪反抗着："我不愿意喝这种苦东西。"周朴园加重了语气："倒了来！"四凤立刻把药罐剩下的药汁倒进碗里。二少爷周冲对周朴园一再逼母亲喝药很不满意，他反问父亲："爸，妈不愿意，您何必这样强迫呢？"周冲立即遭到周朴园的训斥："你同你母亲都不知道自己的病在哪儿。"周朴园让四凤把药送给繁漪；繁漪强忍着怒气，让四凤把药放在一边。周朴园见繁漪竟敢不听他的话，很生气，他让繁漪现在就喝；繁漪不从，依然坚持不喝，并让四凤把药拿走。周朴园的尊严受到了损伤，他发火了，突然严厉地命令繁漪："喝了它，不要任性，当着这么大的孩子。"繁漪气得浑身颤抖，泪涌出眼眶，气怒地说："我不想喝。"周朴园让周冲把药端给母亲，周冲急了，他不愿这样做，大声叫道："爸！"周朴园怒视周冲，催促他："去！""说，请母亲喝。"周冲极不情愿，用颤抖的手把药端起来，嘴仍在说："爸，您不要这样。"周朴园威严地高声说："我要你说。"周萍低着头，轻轻走近周冲，低声提醒他："听父亲的话吧，父亲的脾气你是知道的。"周冲含着泪对母亲说："您喝吧，为我喝一点吧，要不然，父亲的气是不会消的。"繁漪为了儿子周冲，向周朴园恳求说："哦，留着我晚上喝不成么？"周朴园寸步不让，绝不收回成命，他冷峻地教训繁漪，同时也是说给两个儿子听："繁漪，当了母亲的人，处处应当替孩子着想，就是自己不保重身体，也应当替孩子做个服从的榜样。"繁漪望望周朴园，又望望周萍，拿起药，又放下。她发怒了，大声说："哦，不！我喝不下！"周朴园又让周萍劝繁漪喝，周萍很为难，他恳求周朴园："爸！我——"周朴园满脸怒气，喝令周萍："去，走到母亲面前！跪下，劝你的母亲。"周萍一边慢步走向繁漪，一边向周朴园恳求："爸爸！"只听周朴园喝道："跪下！""叫你跪下！"周萍大吃一惊，立即屈膝向下跪，繁漪看着周萍一脸的尴尬和无奈，她急促地说："我喝，我现在喝！"喝了两口，眼泪又涌出来，望一望周朴园峻厉的眼睛和苦恼着的周萍，她咽下愤恨，一气把药喝下，她哭着："哦……"跑出客厅。

周朴园看了看表说："还有三分钟。……"他发现小客厅的窗户开着，让周萍关上。他走到桌前，看着桌上的照片，对周萍说："你的生母永远喜欢夏天把窗户关上的。"鲁贵进来报告客人来了，周朴园吩咐鲁贵先把客人让进大客厅里去。他把周萍单独留下来狠狠地训斥一番："我听人说你现在做了一件很对不起自己的事情。"周萍一惊，他以为父亲知道了他和继母私通的事情，吓得惊慌失措，忙问："什——什么？"周朴园走到周萍面前说："你知道你现在做的事是对不起你的父亲么？并且——对不起你的母亲么？""我听说我在外边的时候，你这两年来在家里很不规矩。"周萍惊恐万分，连连否认："爸，没有的事，没有，没有。"周朴园说："公司的人说你总是在跳舞场里鬼混，尤其是这两三个月，喝酒，赌钱，整夜地不回家。"周萍听到这里放心了，他轻松地"哦"了一声，红着脸说："真的，爸爸。"周朴园教训道："将近三十的人应当懂得'自爱'！你还记得你的名字为什么叫萍么？"周萍说："那是因为母亲叫侍萍，母亲临死，自己替我起的名字。"周朴园正言厉色地说："我的家庭是我认为最圆满、最有秩序的家庭，我的儿子我也认为都还是健全的子弟，我教育出来的孩子，我绝对不愿叫任何人说他们一点闲话的。"周萍恭顺地说："是，爸爸。"周朴园真的累了，周萍搀扶着他走到沙发旁，他颓然地坐下，闭上眼睛倚在沙发上。

当天午饭后，天气更阴沉，更闷热了。低沉潮湿的空气使人非常烦躁。周萍从饭厅里出来向花园里望了望，花园里冷清清的，一个人也没有。他蹑手蹑脚地走到书房门口，书房里也空无一人。他抓住这个好机会，赶忙吹起一种奇怪的哨声，低声地叫着四凤。四凤听到就向小客厅跑来。周萍热烈地唤了声"凤儿！"，就拉住四凤的手。四凤对这样偷偷摸摸地会面很害怕，她说："我怕万一老爷知道了，我怕。"她向周萍诉说着苦恼：二少爷老缠着要娶她；父亲只会跟她要钱；哥哥瞧不起她，说她没志气；母亲如果知道了她和周萍的事儿，一定会不要她。四凤恳求周萍一定不要负心，她说："我现在什么都是你的，没有你就没有我。"周萍安慰四凤，让她别疑心，并说晚上到她家去。四凤不同意他去，因为她母亲今天从济南回来，这几天哥哥也住在家里。但经不住周萍再三恳求，四凤终于答应了。

四凤走后，繁漪来了。周萍怕和她一个人在这个小客厅里，他和繁漪敷衍了几句，便站起身，说："哦。我要走了，我现在要收拾东西去。"他向门口走去，繁漪叫住了他："回来，我请你略微坐一坐。""有话说。"周萍站住，一声不响。繁漪说起周朴园逼她喝药的事。"我希望你明白方才的情形。这不是一天的事情。"周萍强作笑脸，说："你顶好不听他的话就得了。"繁漪动情地说："萍，我盼望你还是从前那样诚恳的人。……你知道我没有你在我面前，这样，我已经很苦了。"周萍说为他们之间的事很后悔。繁漪说："我不后悔，我向来做事没有后悔过。"周萍责备自己是个最糊涂、最不明白的人，认为他与繁漪的私通是他平生做错的一件大事，觉得对不起自己，对不起弟弟，更对不起父亲。繁漪愤怒了："你最对不起的是我，是你曾经引诱过的后母！""你欠了我一笔债，你对我负着责任；你不能看见了新的世界，就一个人跑。"周萍说："这种字句不是在父亲这样——这样体面的家庭里说的。"繁漪气愤极了："你撇开你的父亲吧！……你父亲是第一个伪君子，他从前就引诱过一个良家的姑娘。……你就是你父亲的私生子！……你父亲对不起我，他用同样手段把我骗到你们家来，我逃不开，生了冲儿。""你突然从家乡出来，是你，是你把我引到一条母亲不像母亲、情妇不像情妇的路上去。"她又提起当年周萍和她的山盟海誓，想以此打动周萍，她说："你忘记了在这屋子里，半夜，我哭的时候，你叹息着说的话么？你说你恨你的父亲，你说过，你愿他死，就是犯了灭伦的罪也干。"周萍说："我对不起你，我已经同你详细解释过，我厌恶这种不自然的关系。……然而叫我犯了那样的错，你也不能完全没有责任。……我盼望这一次的谈话是我们最末一次谈话了。"繁漪说："我希望你用你的心，想一想，过去我们在这屋子说的，许多，许多的话。一个女子，你记着，不能受两代的欺侮，你可以想一想。"周萍很绝情，走出客厅；繁漪忍不住伏在沙发上哭泣起来。

四凤亲热地依偎着母亲侍萍，侍萍拉着女儿的手走进小客厅。侍萍47岁，可看上去只有三十八九岁。她的眼睛有些呆滞，但那秀长的睫毛和圆大的眼睛还保留着年轻时的神韵。四凤让母亲坐下；侍萍打量着屋里的摆设，指着有镜台的柜，说："这屋子倒是很雅致的。就是家具太旧了点。"接着又问四凤，大热的天为什么关着窗呢？四凤说是这个公馆老爷的怪脾气，夏天也不让开窗。侍萍感到很奇怪，她越看，对屋子里的东西越眼熟，说："我好像我的魂来过这儿似的。"当她看到柜上那张年轻女人照片时，她惊呆了：这正是自己30年前的照片！她拿着照片，惊愕得说不出话来。过了一会儿，她惊呼着："哦，天哪。"让四凤立即跟她回家。她们刚要走，繁漪进来了。

繁漪吩咐四凤，天要下雨了，给老爷把雨衣找出来。四凤走后，繁漪对侍萍说，她的儿子周冲要娶四凤为妻。侍萍完全明白了太太这次让她来的意图，她说："太太，请您不必往下说，我都明白了。……回头我就预备把她带走，现在我就请太太准了她的长假。"繁漪还担心周冲去鲁家找四凤，侍萍说："您放心。……明天，我准离开此地，我会远远地带她走，不会见着周家的人。"在她俩谈话的过程中，繁漪嫌小客厅闷热，把窗户打开了。

周朴园请德国脑科专家克大夫给繁漪看病，他认定繁漪"神经有点失常"。繁漪忍无可忍，终于爆发了："谁说我的神经失常？你们为什么这样咒我，我没有病，我没有病，我告诉你，我没有病！"周朴园冷酷地说："你当着人这样胡喊乱闹，你自己有病，偏偏要讳病忌医，不肯叫医生治，这不就是神经上的病态么？"繁漪轻蔑地"哼"了一声转身走了；周朴园发怒了，大声喊："站

《雷雨》全新解读

住！你上哪儿去？"繁漪毫不在意地回敬他："到楼上去。"周朴园摆出一家之主的架势，命令道："你应当听话。"繁漪喝了声："你！"怒不可遏地喊叫："你忘了你自己是怎样一个人啦！"把话扔给周朴园，气冲冲地上楼去了。气得周朴园高喊："来人！"命令仆人叫大少爷陪着克大夫到楼上给繁漪看病。

周朴园点着一支吕宋烟，看见桌上的雨衣，对还没来得及离开客厅的侍萍问道："这是太太找出来的雨衣么？……这都是新的。我要我的旧雨衣，你回头跟太太说。"侍萍"嗯"了一声，没有动身。周朴园看她不走，便问："你不知道这间房子底下人不准随便进来么？""你是新来的下人？"转而又指着窗子问："窗户谁叫打开的？"侍萍很自然地走到窗前，关上窗，然后向房门走去。周朴园看了她关窗的姿态，觉得非常眼熟，便满腹狐疑地问："你站一站，你——你贵姓？"侍萍说："我姓鲁。"周朴园听出了她的无锡口音，而后又知道她30年前在无锡时，便问起当年有个姓梅的小姐投水自杀的事。侍萍说，我认识一个姓梅的，但不是小姐，她是无锡周公馆梅妈的女儿，叫侍萍；她跟周家少爷有点不清白。周朴园听了，猛地抬起头，又问："你姓什么？"侍萍平静地回答："我姓鲁，老爷。"周朴园，说他和姓梅的有点亲戚，想把她的坟修一修。侍萍说，这个人还活着，投河后她和孩子都被救了。周朴园惊问："你是谁？"侍萍答："我是这儿四凤的妈，老爷。"还说："她现在老了，嫁给一个下等人，又生了个女孩，境况很不好。""她的命很苦。……她一个单身人，无亲无故，带着一个孩子在外乡什么事都做：讨饭，缝衣服，当老妈，在学校里候人。"周朴园问："她为什么不再找到周家？"侍萍说："大概她是不愿意吧。"

侍萍要离开时，周朴园让她告诉四凤，把樟木箱子里几件旧衬衣找出来。侍萍说："老爷那种绸衬衣不是一共有五件？您要哪一件?""不是有一件，在右袖襟上有个烧破的窟窿，后来用丝线绣成一朵梅花补上的? 还有一件，——"周朴园慢慢站起身说："哦，你，你，你是——"侍萍说："我是从前伺候过老爷的下人。"周朴园说："哦，侍萍! 怎么，是你?"侍萍说："你自然想不到，侍萍的相貌有一天也会老得连你都不认识了。"

过了一会儿，周朴园忽然严厉地问："你来干什么?""谁指使你来的?"侍萍怨愤地说："我以为你早死了。我今天没想到这儿来，这是天要我在这儿又碰见你。"周朴园说："你可以冷静点。……""从前的旧恩怨，过了几十年，又何必再提呢。"接着，他说三十年来如何想念她，虽然家由无锡搬到这里，而这客厅仍保留着侍萍从前顶喜欢的家具; 每年总记得侍萍的生日——四月十八; 因侍萍生萍儿时得了病，总要关窗，这个习惯一直保留着，把侍萍当作前妻对待。他说，这样做是为了弥补罪过。侍萍叹了一口气，说："现在我们都是上了年纪的人，这些傻话请你也不必说了。"

当他得知侍萍带走的孩子就是矿上罢工谈判代表鲁大海时，他忽然问侍萍："好! 痛痛快快地! 你现在要多少钱吧?"侍萍苦笑着质问："哼，你还以为我是故意来敲诈你，才来的么?"周朴园说："你听着，鲁贵我现在要辞退的，四凤也要回家。"侍萍堂堂正正地告诉周朴园："你不要怕，你以为我会用这种关系来敲诈你么? 你放心，我不会的。大后天我就带着四凤回到我原来的地方。"周朴园爽快地说："好得很。那么一切路费、用费，都归我担负。"侍萍不要他的钱，只要求见见自己的大儿子周萍。周朴园答应了，但提出只把周萍叫来，让她看一看，不得母子相认，此后鲁家的人永远不许再到周家来。侍萍也决绝地说："好，我希望这一生不至于再见你。"周朴园签好一张五千块钱的支票交给侍萍，说："你可以先拿去用。算是弥补我一点罪过。"侍萍接过支票就撕掉了，高傲地斥责道："我这些年的苦不是你拿钱算得清的。"

鲁大海冲开三四个男仆的阻拦，高喊着："放开我，我要进去。"他冲进客厅，愤怒地质问周朴园："我们老远从矿上来，今天我又在您府上大门房里从早上六点钟一直等到现在。我就是要问问董事长，对于我们工人的条件，究竟是允许不允许？"鲁大海还一直被蒙在鼓里，和他一块儿来的那三个谈判代表已经被收买了，与周朴园签订了复工合同。周朴园摆着有权势的架子宣布："鲁大海，你现在没有资格跟我说话——矿上已经把你开除了。"鲁大海气愤极了，指着周朴园咬牙切齿地说："你的手段我早就领教过，只要你能弄钱，你什么都做得出来。你叫警察杀了矿上许多工人，你还——"他厉声揭露周朴园伤天害理、令人发指的罪行。"你从前在哈尔滨包修江桥，故意叫江堤出险，……你故意淹死了两千二百多个小工，每一个小工的性命你扣三百块钱！姓周的，你发的是绝子绝孙的昧心财！"周萍听鲁大海如此责骂他父亲，便冲向前，口里骂着："你这种混账东西！""啪啪"地打了鲁大海两个嘴巴，鲁大海还手，被三四个男仆拉住了。周萍一声令下："打他！"仆人一哄而上。侍萍再也忍不住了，她大声哭着斥责众仆人，大步走到周萍面前，抽咽着说："你是萍，——凭，——凭什么打我的儿子？"周萍疑惑地问侍萍："你是谁？"侍萍说："我是你的——你打的这个人的妈。"她呆呆地望着周萍的脸，又哭起来，转过身对鲁大海说："大海，走吧，我们走吧。"

周家把鲁贵和四凤辞退了。四凤和周萍道了别："再见吧，明天你走，我怕不能看你了。"周萍说，晚上一定要见她一面。四凤叫他无论如何也不能去，可周萍坚持说："我是一定要来的。"四凤走后，繁漪追问周萍和四凤说什么了。周萍厌恶地说，她没有权利问。繁漪讥诮周萍："你受过这样高等教育的人现在同这么一个底下人的女儿，这么一个下等女人——"周萍不让她说下去，斥骂道："你胡说！你不配说她下等，你不配！"繁漪冷笑着，警告周萍："小心，小心！你不要把一个失望的女人逼得太狠了，她是什么事都做得出来的。""小心，现在风暴就要起来了！"外面风雨大作，花盆被吹落在地上，"噼噼啦啦"地响。周朴园叫道："萍儿，花盆叫大风吹倒了，你叫下人快把这窗关上。大概是暴雨就要下来了。"外面风声甚烈，电光闪闪。

鲁贵家住在杏花巷10号。已经晚上10点钟了，杏花巷的老老少少热得睡不着，都在水塘边乘凉。这里白天蒸发着刺鼻的臭气，半夜才吹来些凉风。刚下了一阵暴雨，可天气还是很闷热。池塘的青蛙叫得挺起劲，但随着蓝森森闪电的加剧，雷声隆隆地响动，蛙鸣渐渐稀疏下来，暴风雨就要来了。

鲁家的住房分作内外两屋：鲁贵、侍萍在外屋，四凤住里屋。低矮的屋顶几乎压在人的头上，令人压抑窒息。鲁家才吃完晚饭，侍萍在收拾碗筷；四凤站在窗前，不安地向外张望着；鲁大海蹲在屋角擦手枪。鲁贵喝得醉醺醺的，满眼血丝，坐在一张破旧的靠椅上谩骂着。他说全家人都对不起他，他一辈子犯小人，不走运。他骂侍萍一回来全家人就倒了霉："妈的，你不来，我能倒这样的霉？"鲁大海说："你要骂我就骂我。别指东说西，欺负妈好说话。"鲁贵说："我骂你？你是少爷！我骂你？你连人家有钱的人都当着面骂了，我敢骂你？"鲁贵狠狠地瞪鲁大海一眼，让他滚开。鲁大海说："你小心点。你少惹我的火。"鲁贵要起赖皮："你妈在这儿。你敢把你爹怎么样？你这杂种！"侍萍说："你别不要脸，你少说话！"鲁贵反唇相讥："我不要脸？我没有在家养私孩子，还带着个嫁人。"鲁大海火了，抽出手枪："我——我打死你这老东西！"鲁贵吓得站起来，僵立不动。鲁大海让他向侍萍认错，保证以后不再乱说话、乱骂人。鲁贵连声说"好"，向侍萍道歉。侍萍问鲁大海枪是哪来的，鲁大海说是矿上警察镇压工人时候掉落的，若是周家逼得我们无路可走，这枪早晚有点用处。侍萍严肃地说："刚才吃饭的时候我跟你说过，周家的事算完了，我们姓鲁的永远不提他们了。"鲁大海不同意，他忘不了矿上工人流的血，忘不了在周家挨的耳光，"这本账是要算的。"侍萍把手枪从鲁大海手中拿过来，鲁大海说："那么您拿去吧。不过您搁的地方得告诉我。"侍萍把手枪放在床头的木箱里。

大海和侍萍出去办事了。鲁贵趁机劝四凤不要跟母亲去济南，哄劝她说："周家的事你不要怕。有了我，明天我们还是得回去。你真走得开，你放得下这儿这样好的地方么？你放得下周家——"忽听外面有敲门声，快11点了，谁会来呢？原来是周家二少爷周冲。他受母亲派遣给鲁家送来一百块钱，四凤婉言拒绝了，鲁贵赶忙收下钱，对四凤说："太太叫二少爷亲自送来，这点意思我们好意思不领下么？"转而向周冲致谢："谢谢您老远跑一趟。我先给您买点鲜货吃，您同四凤在屋子里坐一坐，我失陪了。"四凤和二少爷单独在一起觉得有些拘谨，她努力找点话说摆脱窘境，她询问周家事。四凤告诉他，准备跟母亲去济南。周冲劝她先不要走，早晚她和鲁贵还可以回周家，不要为一点小事忧愁。世界很大，能忍受痛苦，慢慢地苦干，以后就会得到快乐；他恨这个不平等的社会，恨讲强权的人，讨厌自己的父亲。四凤要给周冲倒水喝，说："让我再伺候伺候您。"周冲忙说："你不要这样说话，现在的世界是不该存在的。我从来没有把你当作我的底下人，你是我的凤姐姐，你是我引路的人，我们的真世界不在这儿。"周冲沉醉在梦幻中了，他向四凤描绘着理想的真世界："有时我就忘了现在，忘了家，忘了你，忘了母亲，并且忘了多自己。我想，我像是在一个冬天的早晨，非常明亮的天空，……在无边的海上，……哦，有一只轻得像海燕似的小帆船，在海风吹得紧，海上的空气闻得出有点腥、有点咸的时候，白色的帆张得满满的，像一只鹰的翅膀斜贴在海面上飞，飞，向着天边飞。那时天边上只淡淡地浮着两三片白云，我们坐在船头，望着前面，前面就是我们的世界。"四凤赞美他想得真好。于是周冲亲切地问四凤是否愿意同他一块去"真世界"，并且说带着"他"也可以。四凤问周冲说的"他"指谁，周冲回答："你昨天告诉我的，你说你的心已经许给了他。那个人他一定也像你，他一定是个可爱的人。"

鲁大海回来了，周冲主动打招呼，称他"鲁先生！"，并对今天下午哥哥打他的事儿表示抱歉。鲁大海态度很冷淡，虽说承认周冲是周家人中"还算是明白点的"，但还是警告他："如果矿主的少爷真替四凤着想，那我就请少爷他今以后不要同她往来"，再来就不客气了，接着下了逐客令，把周冲赶走了。周冲临走时温和地向鲁大海伸出手说："我还是愿意做你的朋友。你愿意同我拉一拉么？"鲁大海没理他，把身子转过去了。周冲一出门口，鲁贵捧着水果、酒瓶、酒菜回来了，他挽留周冲喝两盅。鲁大海问四凤，鲁贵买这些东西是从哪儿弄来的钱"四凤说是二少爷周冲刚才送来了一百块钱。鲁大海把手一伸说："把钱给我！"鲁贵不给，鲁大海声色俱厉："不给，你可记得住放在箱子里的是什么东西么？"鲁贵害怕了，把钱全部掏出来交给鲁大海，鲁大海摸出身上的零票和现洋，补上鲁贵花了的十块，把钱交还周冲，高声说："拿走！我要你给我滚，给我滚蛋！"周冲失望地站了一会儿，然后拿起钱，说："好，针走；我走，我错了。"鲁大海再次警告周冲："我告诉你，以后你们周家无论哪一个再来，我就打死他，不管是谁！"

侍萍回来后得知周家二少爷来过，心里很不安。她问四凤跟二少爷说些什么；四凤回答，只是说些平平常常的话。侍萍不放心，追问："真的？"四凤没正面回答，却反问母亲："您听哥哥说了些什么话?"侍萍盯着四凤,严肃地说:"凤儿,妈是不是顶疼你?""我求你一件事,你得告诉我,周家的少爷究竟跟你——怎么样了?"四凤说:"妈,您为什么问这个?我不是跟您说过么?一点也没什么。妈,没什么!"这时远处传来隐隐的雷声。侍萍指着外面,沉重地对四凤说:"你听,外面打着雷。妈妈是个可怜人,我的女儿在这些事上不能再骗我!"四凤一愣,停顿了一会儿说:"妈,我不骗您!""我不是跟您说过,这两年,我天天晚上——回家的?"她抽泣着:"妈,您为什么不信您自己的女儿呢?"她痛苦地扑在母亲的怀里。侍萍泪流满面,沉痛地说:"可怜的孩子,不是我不相信你,……我太不敢相信世界上的人了。傻孩子,你不懂妈的心,妈的苦多少年是说不出来的,你妈就是在年轻的时候没有人来提醒,——可怜,妈就是一步走错,就步步走错了。……孩子,你是我的,你是我唯一的宝贝,你永远疼我!你要是再骗我,那就是杀了我了,我的苦命的孩子!"侍萍紧紧地抱着四凤。忽然,她果断地决定明天就带女儿离开这里,逃开这个是非之地。四凤听了立即站起来,忙问:"什么,明天就走?""妈,不,为什么这么快就走?"侍萍问她还要干什么,她犹犹豫豫地"哦"了两声,没说出什么。这引起了侍萍的疑心,怀疑四凤还有事儿瞒着她。她慈祥地呼唤着:"好孩子,凤儿!"然后正言厉色地向四凤提出要求:"我要你永远不见周家的人!要起誓。"四凤畏惧地看着母亲严厉的脸,无奈地说:"这又何必呢?"侍萍站起身,指着地面说:"你就这样跪下说。"四凤连声答应:"妈,我答应您,以后我永远不见周家的人。"天上雷声轰鸣,侍萍说:"天上在打着雷,你要是以后忘了妈的话,见了周家的人呢?"四凤畏怯地回答:"妈,我不会的,我不会的。"侍萍步步紧逼:"孩子,你要说,你要说。假如你忘了妈的话,——"外面雷声滚过,四凤不顾一切地发了个毒誓:"那——那天上的雷劈了我。"

名家解读中外文学名著书系

恰在这时惊雷咆哮，霹雳闪电，吓得四凤"哦"地叫了一声，一头扑在侍萍的怀里。侍萍抱着女儿，大哭道："可怜的孩子，妈不好，妈造的孽，妈对不起你，是妈对不起你。"

四凤说要一个人歇息，侍萍便回到外间去了。四凤把门关好，深深地叹口气倒在床上。可天气又闷又热，她起来走到圆桌旁，长叹一声，扑在桌上低声哭泣起来。外面传来四凤熟悉的口哨声，四凤猛地惊起，把桌上的灯捻亮，跑到窗前探望一下，又把窗关上。她倚在窗上，惶恐不安。口哨声愈来愈近，接着是敲窗声，四凤颤抖了。窗外低声呼唤："喂，开！开！"她急切地说："我现在不能见你。我妈在家里。你小心，我哥哥恨透了你。你走！"周萍用力推窗，四凤用力挡住，恳求他不要进来，周萍急切地说："不，四凤，你只叫我……啊……只叫我亲一回吧。"四凤痛苦地哀求："啊，大少爷，这不是你的公馆，你饶了我吧。"周萍怨恨地说："那么你忘了我了。是不是刚才我的弟弟来了？"四凤说是来过，周萍一听便尖酸地长叹一声说："那就怪不得你，你现在这样了。哼，没有心肝，只要你变了心，小心我……"四凤急忙争辩："谁变了心？"周萍急躁地问："那你为什么不打开窗，让我进来？你不知道我是真爱你么？我没有你不成么？"四凤叹了一口气说："好，那明天说吧！明天我依你，什么都成！真的，我不骗你。"周萍说："好吧，就这样吧，明天，你不要冤我。"四凤听到外面的脚步声渐渐远去，她心里一块石头落下来，一边自言自语："他走了！"四凤摸了摸自己的胸口，感到有些闷热。她打开窗，让风吹进来。突然发现周萍站在窗前，她急忙关窗，可是已经来不及了，周萍用力推窗跳了进来。他满身泥泞，满脸是血，这是来时在路上摔的。四凤让他走，他满嘴喷着酒气，奇怪地笑着说："不，我得好好地看看你。"外面响起雷声，四凤声音颤抖着说："我怕！"周萍怪笑着，拉着四凤的手说："你以为我是谁，傻孩子。"突然雷声大作,四凤一惊:"哦,妈。我怕!"扑在周萍怀里。

空中亮起一道闪电,清清楚楚地照见繁漪的惨白的脸露在窗口上。她浑身湿透,一道道雨水从她散乱的头发上淋着。她伸进手,把窗关上。雷声隆隆地响着,忽然响起叫门声。接着从外间传来鲁大海的声音,他说回来拿东西。四凤惊慌地说:"哥哥来了,你走,你赶快走。"周萍赶忙推窗。奇怪,怎么也推不开,窗被反扣着。四凤让周萍藏起来,可是屋这么小,哪有藏身之处?鲁大海拿着灯推门进来,惊讶地发现僵立不动的两个人,他高喊:"妈,您快进来,我见了鬼!"侍萍跑了进来,四凤"啊"地一声夺门而出。侍萍身子瘫软,手扶住门闩,险些晕倒。鲁大海看清是周萍,大喊一声:"哦,原来是你!"举起板凳就奔向周萍。侍萍用力拉住鲁大海的衣襟,大声叫喊:"大海,你别动!你动,妈就死在你的面前。"她见周萍惊吓得呆立不动,催促他:"糊涂东西,你还不跑?"周萍猛醒,跑出屋去。鲁大海喊叫着:"抓住他!爸,抓住他!"外面雷声大作,疾风暴雨。侍萍冲向风雨中去找四凤,她呼唤着:"回来吧,四凤!"鲁大海从箱子里取出手枪,揣在怀里,也快步赶了出去。

周公馆客厅里,只有周朴园一个人坐在沙发上看报。夜深了,雨仍在淅淅沥沥地下着。他想知道现在是什么时候了,往墙上的挂钟望了一眼,钟停了。他按动柜前的电铃,上来一个仆人。周朴园问他钟怎么停了;他说,钟总是四凤给上弦,现在她走了,别人把这事忘了。现在快两点钟了。仆人禀报老爷:让账房汇给济南姓鲁的那笔两万块钱已经预备好了;藤萝架那边断的电线,电灯匠说下着大雨不好修,明天再来;刚才大少爷的狗碰着那根电线给电死了,现在那儿用绳子圈起来,提醒大家别往那儿去。周朴园感到很寂寞,问:"怎么这屋子一个人也没有?"仆人回禀,太太和二少爷早就睡了；大少爷吃完饭出去，还没回来。周朴园吩咐仆人下去后，他在厅里沉闷地走来走去。走了一会儿，停在柜子前，打开中间的灯，凝神地看摆在柜子上的侍萍的相片。他看着相片，沉思着。忽然，思绪被进来的周冲打断了。周朴园看见周冲很高兴。周冲没有睡觉，他一直在找母亲繁漪。周朴园让周冲陪他说说话。周朴园慈爱地拉过周冲的手问他："打了球没有？"回答："嗯。"周朴园叹了一口气，坐在沙发上，让周冲坐近些。他寂寞地说："今天——呃，爸爸有一点觉得自己老了。"忽然问周冲："你怕你爸爸有一天死了，没有人照拂你，你不怕么？"周冲毫无表情地回答："嗯，怕。"周朴园责备地说："你对我说话很少。"周冲说："我——我说不出，您平时总像不愿意见我们似的。您今天有点奇怪，我——我——"周朴园不愿让他说下去，打断了他的话，让他走了。周朴园失望地看着儿子的背影，又拿起柜子上侍萍的相片。

　　繁漪不做声地走进客厅。她脸色惨白，头发湿漉漉的，身上的雨衣往下滴水。周朴园惊愕地看着她，问这样的大雨天她上哪儿去了，繁漪心怀报复地说："我有神经病。"我心里发热，我要在外面冰一冰"周朴园惊讶地发现，她像一座石像立在门前。他让繁漪上楼休息，繁漪拒绝了，伸手抢过周朴园手中的相片，看了看轻蔑地说："哼，又是那个女人的相片！"忽而说："奇怪，我像是在哪儿见过似的。"周朴园再次催她上楼休息，说明天克大夫还来给她看病。繁漪轻蔑地说："不，我不愿意。我告诉你，我不愿意。明天？哼！"

　　周萍神色忧伤地来了，他说决定乘今天夜里两点半的车去矿上。周朴园已为他写好了去矿上的信，还告诉他为他准备了一只手枪，放在方桌抽屉里，说着把抽屉钥匙交给他。周朴园累了，他想睡一会儿，便去书房了。繁漪等周朴园走出客厅，她走近周萍，神色阴沉地说："你是一定要走了。我只问你，你走了以后，我会怎样？你看看你父亲，你难道想象不出来？那位克大夫免不了会天天来的，要我吃药，逼我吃药。吃药，吃药，吃药！把我当成怪物看着我，最后用铁链子锁着我，那我真就成了疯子！"周萍故意恶狠狠地说："你自己要走这一条路，我有什么办法？"繁漪眼睛里射出疯狂的火焰，说在三年前，就在这个客厅里"闹鬼"的往事。后来她看到周萍坐在沙发上低垂着头，又压制住心中怒火，变得温和起来。她恳求周萍，哀婉地诉说自己的不幸和危机，哀求周萍把她带走，甚至可以把四凤接来一块儿生活。周萍很讨厌，凶狠地说："你给我滚开！"繁漪绝望了，她看清了自己的可悲命运，说："刚才我在鲁家看见你同四凤。我在他们家附近站了半天。我看着你从窗户进去，就走到窗户前面站着。"周萍走到她身旁，愤怒地说："那窗户是你关上的，是么？"繁漪阴沉地回答："嗯，我。你要怎么样？"周萍凶狠狠地喊叫："我要你死！"猛地一关门，跑出客厅。

鲁贵悄悄走进来，弯了弯腰向太太问好，说自己在门口等了半天了，因为看见大少爷正跟太太吵架，就没敢进来。他一边说一边假笑。繁漪很烦，问他有什么事儿，鲁贵说："原来我倒是想报告给太太，说大少爷今天晚上喝醉了，跑到我们家里去。现在太太既然是也去了，那我就不必多说了。"接着把话题一转，骄傲地说："我想见见老爷。"繁漪说老爷在睡觉，问见他有什么事。鲁贵狡诈地说："没有什么，要是太太愿意办，不找老爷也可以。——都看太太要怎么样。""要是太太愿意做主，不叫我见老爷，——多麻烦——，那就大家都省事了。""太太做了主，那就是您积德了。——我们只是求太太还赏饭吃。"繁漪强忍着厌恶，为了息事宁人还是答应了，让鲁贵和四凤后天返回公馆上工。

鲁大海来了，他让鲁贵把周萍叫来。鲁贵怕大海再给他捅娄

名家解读中外文学名著书系

子，不敢去叫。繁漪说，有她在这儿不要紧，让鲁贵去叫周萍。鲁贵走后，繁漪得知了鲁大海是四凤的哥哥，便告诉他周萍一会儿就坐夜车走了。鲁大海说："他跑？我饶不了他。"周萍来了，鲁大海等繁漪上楼休息了，他走向前使足劲狠狠地打了他几个耳光。周萍极力克制，握着拳头但没还手，掏出手绢擦脸上的血。鲁大海咬牙切齿地说："哼！现在你要跑！你是一个没有血性，只顾自己的混蛋。拿着穷人家的女儿开开心，完了事可以不负一点儿责任。"周萍说："现在我想辨白是没有用的。我知道你是有目的而来，你把你的枪或者刀拿出来吧。随你收拾我。我死了，那是我的福气。我是活厌了的人。你问你妹妹，她知道我活着就是为了她，我是真爱她！"鲁大海很反感，严厉地说："不要再说了，你把我妹妹叫出来。"周萍说四凤不在这里。鲁大海掏出手枪对着周萍，切齿地说："你真是不想活了！"这时外面响起了口哨声，周萍惊喜地说："四凤来了，这口哨是我们幽会的暗号。"他请鲁大海暂时避开，担心四凤见了哥哥在这儿，会受到惊吓。鲁大海答应了。

　　四凤进来了，她脸上满是泪水和雨水，散乱的头发水淋淋地粘在鬓角上。四凤抱着周萍抽咽起来。她从家中跑出来，想找着家门口那条河去寻死，可是竟糊里糊涂地跑到周公馆来了。走到花园那根断了的电线附近时，本想死了算了。忽然看见周萍窗前的灯光，她突然觉得不能丢下周萍，一个人去死。周萍抬头望了望客厅的门，对四凤说："我们现在就走，我们一块儿走。"四凤狂喜地一边流泪，一边亲吻着周萍的手，兴高采烈地说："真的，真的，萍，你是我的好人，你是天底下顶好顶好的好人。你，你把我救了。"周萍告诉四凤，刚才哥哥鲁大海来找她，我们见一见他再走。可是到门口找时却不见了。四凤急切地说："萍，我们还是快走吧。"他俩刚走到客厅门口，鲁大海搀扶着母亲侍萍进来了。

一夜之间，侍萍好像变了一个人似的，苍老了许多。她一见四凤就哀痛地呼着"凤儿"把手伸过去；四凤一下子扑到母亲怀里，泣不成声地求母亲饶恕自己。侍萍沉痛地自责："这怪你妈太糊涂，我早该想到的。可是谁料得到就会有这种事，偏偏又叫我的孩子碰着呢？妈的命苦，可你的命……"鲁大海看母亲太疲倦、太伤心了，他到外面去雇车，让母亲回家休息。周萍看鲁大海走了，便劝慰侍萍不要太难过，说立即就带四凤走。侍萍坚决阻拦，不让他们一块走，她对四凤说："凤儿，你听着，我情愿没有你，我不能叫你跟他在一块儿。"四凤一听就晕倒了。侍萍把她紧紧抱在怀里，按着四凤的前额呼叫着，往四凤嘴里灌凉开水；四凤呼出一口气，清醒了。四凤长长地叹了一声，哭着对母亲说："妈，我不能再瞒着您了，我跟他现在已经……"说着大哭起来，侍萍急切地说："怎么，你说你——"周萍也拉起四凤的手，惊讶地说："四凤！真的，你——，什么时候？什么时候？"四凤羞怯地低下头，说："大概已经三个月了。"侍萍低声地叫着"天哪！"便呆呆地不做声了。过了一会儿，她又低声自语："我是在做梦。我的女儿，我自己生的儿子，三十年工夫——哦，天哪！"她一手捂着脸，一手挥动着，"你们走吧，我不认得你们。"周萍和四凤要走，侍萍哭泣着，低声呼喊："啊，天知道谁犯了罪，谁造的孽！他们都是可怜的孩子，不知道自己做的是什么。天哪，如果要罚，也罚在我一个人身上。他们是我的干净孩子，他们应当好好地活着。罪孽是我造的，苦也应当我一个人尝。今天晚上我让他们一块儿走的。这罪过我知道，我都替他们担待了；要是真有了什么，也就让我一个人担待吧。"她回过头呼唤"凤儿"，告诉她要偷偷地走，在黑地里走，不要惊动人。这次走了，最好越走越远，不要回头。今天离开，无论生死永远不要回来见她。四凤

名家解读中外文学名著书系

跪下给母亲叩头，侍萍强忍悲痛，挥着手说："走吧！"周萍、四凤告别侍萍，走到门口，繁漪来了。

繁漪挡住了去路，周冲跟在她身后。周萍很不高兴，批评弟弟不懂事。周萍气愤地骂繁漪卑鄙，没有一点心肝，竟然拉出自己的儿子破坏他和四凤的关系。繁漪催促儿子周冲说话，挑唆儿子和周萍争夺四凤；可是她万万没料到，周冲却说："只要四凤愿意，我没什么；我忽然发现我好像并不真爱四凤。以前——我是胡闹。"又走近周萍说："哥哥，你把她带走吧，只要你好好地待她！"繁漪的如意算盘打错了，她斥责周冲简直没有一点男人气，若是换了她，她就杀了四凤，痛骂周冲不是她的儿子。周冲难过极了，不解地问繁漪："妈妈，您怎么啦？"繁漪半疯狂地高声哀叫："不要以为我是你的母亲，你的母亲早死了，早就让你父亲逼死了，闷死了。我在这个死地方——监狱似的周公馆——陪着一个阎王十八年，我的心并没有死。"她愤怒地指着周萍说："就只有他才要了我整个的人，可是他现在不要我，又不要我了。"周萍惊慌地说："她在发疯！"繁漪冷笑着，紧盯着周萍："你不要装！你告诉他们，我并不是你的后母！你记着，是你才欺骗了你的弟弟，是你欺骗了我，是你才欺骗了你的父亲！"周萍对四凤说："不要理她，我们走吧。"繁漪冷冷地说："不用走了，大门锁了。我要你父亲见见他的好媳妇，然后，你们再走。朴园，朴园！"

周朴园来了。繁漪对周朴园倨傲地说："我请你见见你的好亲戚。"她拉过四凤介绍给周朴园："这是你的媳妇，你见见。"她指着周朴园对四凤说："叫他爸爸！"又把侍萍引见给周朴园："你也认识认识这位老太太。"接着叫周萍，同时指着侍萍："萍，过来，当着你的父亲，过来，给你这个妈叩头。"周朴园似乎突然明白了，面向侍萍说："怎么——侍萍，你到底还是回来了。"停顿片刻，冷冷地说："侍萍，我想你也会回来的。"四凤苦闷地叫了一声，周萍迷惑地看着父亲和侍萍。周朴园招呼周萍："萍儿，你过来。你的生母并没有死，她还在世上。"周萍不接受这个事实。周朴园严厉地教训他，骂他混账，暴怒地命令他认母，给侍萍跪下。周萍无奈，向侍萍喊了声"母亲！"四凤和周萍互相对望着，忽然她像从噩梦中醒来，忍受不住了，她大叫着："啊，天！"跑了出去，直奔藤萝架。周冲紧跟着也跑了出去追赶四凤。四凤扑向那根断了的电线，周冲不顾一切地伸手去拉，两条年轻的生命顷刻间毁灭了。周公馆人声嘈杂，哭声、叫声混成一片。突然从书房里传出一声枪响，大少爷周萍自杀了。繁漪跑进书房，很快又跑了出来，狂呼："……他……。"周朴园也喊着："……他……"跟繁漪又跑进书房。

暴风肆虐，大雨滂沱，惊雷轰鸣，闪电像一柄利剑把阴沉漆黑的夜空劈开。好大的一场惊天动地的大雷雨啊！

四、形形色色《雷雨》人

（一）散发着浓厚封建气味的资本家——周朴园

　　周朴园出身于封建地主家庭，长期受封建思想熏陶。到德国留过学，受过资产阶级的教育。他是北方煤矿公司董事长，是个浑身散发着陈腐的封建主义气味的资本家。中国的资本家几乎都是从封建地主阶级脱胎而来的，像《子夜》中的上海滩上显赫的工业大亨——工业界的"英雄骑士和王子"吴荪甫，太平洋轮船公司经理孙吉人，丝厂老板朱吟秋等，无一例外。周朴园这个形象具有典型性，带有中国早期资本家的共同特征。30多年前，周朴园身为地主少爷时，像所有纨袴子弟一样，声色犬马，花天酒地，勾引了女仆梅妈的女儿侍萍。侍萍生下第二个孩子才三天，他为了恪守封建婚姻制度讲求的门当户对，为了借封建联姻聚敛钱财、扩大权势，便娶了个有钱人家的阔小姐，把侍萍一脚踢出门外，侍萍抱着婴儿跟跄在风雪中。18年前，他用欺骗手段把繁漪骗进周公馆。他的这两次婚姻种下了孽根，酿成了周、鲁两家悲剧，他是制造"雷雨"悲剧的总根源。像所有的剥削阶级发家人物一样，为了聚敛钱财，便丧尽天良，干伤天害理的勾当，血腥地积累资本。他包修哈尔滨江桥，故意让江堤出险，淹死两千两百多名小工，在每个工人身上扣取三百块保险金，一把就捞了六七十万元，发了一笔绝子绝孙的昧心财、血腥财。他为富不仁，是杀害无辜者的刽子手。就凭这些，他的事业"蒸蒸日上"，个人地位日益"显赫"。他自己也就越自以为是，目空一切，刚愎自用了。他发号施令，主宰一切。在家里是暴君，说一不二。在煤矿公司，他养了一批矿警，哪个矿工敢不听他的，他就指使矿警开枪镇压；当然，他还有软的一手，施展伎俩，用钱收买软骨头工贼，破坏矿工罢工。周朴园就是这样残忍、贪婪，而又阴险、狡猾。

　　戏剧演出，人物出场"亮相"是描绘人物形象、揭示人物性格的重要手段。亮相给人的第一印象是深刻的。曹禺有丰富的舞台经验，熟谙刻画戏剧人物的手法。周朴园在第一幕一登场，便让人从打扮上了解了他的身份、地位；从他的举止、言谈，看到他的威严、专横。对周朴园，剧本是这样描绘的："他有五十五岁，鬓发已经斑白，戴有椭圆形的金边眼镜，一对沉鸷的眼睛在底下闪烁着，像一切起家立业的人物，他的威严在儿子们面前格外显得峻厉"，"他穿的衣服，还是二十年前的新装，一件团花的官纱大褂，底下是白纺绸的衬衫，长衫的领扣松散着，露着颈上的肉。他的衣服很舒展地贴在身上，整洁、没有一些尘垢。他有些胖，背微微地伛偻，他的半白头发很光泽地分梳在后面，还保持着昔日的丰采。在阳光下，他的脸呈着银白色，一般人说这就是贵人的特征。"通过肖像、衣着、神态，把周朴园的形象鲜明地勾勒出来了。他出场时，繁漪和周萍在客厅里不愉快地唇枪舌剑，周冲虽不明白，但也感到他们之间有矛盾。所以客厅里是不平静的。可是当周朴园出现在门口时，三个人立刻停止了一切，客厅肃静下来。两个儿子毕恭毕敬地齐声叫"爸！"周冲问："客走了？"周朴园一脸严肃，对儿子们的恭敬只是无言地点了点头，而径直向已分别很久，这次从矿上回来第一次见面的妻子发问："你怎么今天下楼来了，完全好了吗？"他无须询问，就武断地认定繁漪有脑病，所以接下来的话便是："你应当再到楼上去休息。"他判定繁漪下楼来是"不应当"的，既然在他看来"不应当"，他当然要以一家之主的身份，让做了"不应当"事儿的妻子，按他的旨意去做"应当"的事——上楼去。周朴园貌似关心妻子，但实则是在教训她。接下去便是训斥周冲："我自命比你这种半瓶醋的社会思想要彻底得多!"于是剥夺了周冲的发言权，把头一扬，说："我认为你这次说话太多了。"威严、冷冰、专横，这便是周朴园给观众和读者留下的第一印象。

周朴园威逼本来没病的繁漪喝药，喝令两个已被吓得不知所措的儿子"劝"母亲喝药，教训繁漪"当了母亲的人，处处应当替孩子着想，就是自己不保重身体，也应当替孩子做个服从的榜样。""应当""不应当"的话已成了周朴园的口头禅了。他就是这样不容别人商量、不准别人分说，就是如此霸道。霸道、逞凶是为了显示自己的威严，维护自己的尊严。不管说得对与错，别人必须服从、屈从。这就是一切暴君的嘴脸。

周朴园不仅专横、冷酷，而且是个虚伪自私的伪君子。他和侍萍30年后不期而遇，一番对话、一次接触，就剥下了他伪君子的画皮，"把他的不觉虚伪的虚伪，他不觉自私的自私"暴露在光天化日之下。周朴园向侍萍表白，三十年来，他始终把她记在心里。从无锡搬迁到北方来，也携带着三十年前侍萍顶喜欢的家具；每年四月十八，都为她过生日，把她当作明媒正娶的妻子看待；保留着她因生周萍受病，总把窗关着的习惯，即使炎热的夏天也不开窗；他喜欢穿他们当年共同生活时穿过的旧衣裳、旧雨衣；总想把她的坟墓修一修……他以此证明他是真心爱侍萍的。情意缠绵，朝夕怀念，深沉思恋，他把自己视若忠于爱情的好丈夫，品行端庄优良的世人楷模了。这真是"连他自己都不认为自己是坏人"了。然而，当侍萍出现在他的面前，粉碎了他怀念往事的

《雷雨》全新解读

温馨幻想，直接威胁着他的名誉和地位时，他立刻凶相毕露，惊恐不安了。忽然严厉地问："你来干什么？""谁指使你来的？"这种敌视、怀疑的态度，与他的"真诚怀念"恰是两个极端，这个周朴园已经不是那个"周朴园"了，好一个道貌岸然的伪君子！随着侍萍对她"投河而死"真相的逐步揭示，周朴园时而"沉思、沉吟、痛苦"，时而"汗涔涔、惊愕"。接下去，他按照唯利是图的生意人逻辑，以他阴暗的心理进行推测，认为侍萍是敲诈他来了。于是祭起了钱能通神的法宝，张开铜臭的嘴讨价了，忽然爽快地说："好！痛痛快快的！你现在要多少钱？"他签了一张五千元的支票，以求息事宁人。这彻底地暴露了他的性格的另一个侧面，纸老虎的假象一戳就露了，露出了虚伪、伪善。

周朴园代表着腐朽、垂死的阶级，他极力维护自身的利益。他明明已知道鲁大海是他亲生儿子了，但因为鲁大海是个不安分的罢工工人谈判代表，是危及他利益的人，是他的势不两立的死对头，因此，他依旧坚持开除鲁大海的决定，绝不认这个叛逆了的儿子。血缘关系、亲子关系都无法改变这严峻的对立、激烈斗争的现实。

周朴园是个彻底的孤立者，行将灭亡的末路人。在社会上和家庭里，都面临着众叛亲离的危机。面对重重危机，他产生了"孤寂不安与迟暮之感"。第四幕一开始，在风狂雨骤的深夜里，周朴园独自坐在客厅，百无聊赖，寂寞凄清。四周是黑魆魆的，花园的景物都淹没在黑暗里，他寂寞难耐："怎么屋子里一个人也没有？"周冲突然闯进客厅，他是急于找妈妈繁漪，并非为爸爸而来。周朴园见了露出喜色，让儿子陪他坐一坐、说说话。周冲惧怕他，服服帖帖地顺从着。周朴园和儿子说什么呢？他明明知道儿子怕他，几乎没什么共同语言。他叹了口气，寂寞地说："今天，呃——爸爸有一点觉得自己老了。"忽然问周冲："如果爸爸有一天死了，没有人照拂你，你怕么？"这个不可一世的刽子手、暴君、伪君子，制造周鲁两家悲剧的罪魁祸首，他感到自己"老"了，想到"死"了，这正是没有出路的没落者走到人生尽头的悲叹和哀鸣。

周朴园的形象表现了半封建半殖民地中国资产阶级的反动性、腐朽性，从而揭示了这个阶级必然灭亡的历史命运。

（二）受过一点新的教育的旧式女人——繁 漪

曹禺说："在《雷雨》里的八个人物，我最早想出来的，并且较真切的，是周繁漪"，"我算不清我亲眼看见多少繁漪。她们都在阴沟里讨着生活，都心偏天样的高"，"受着人的嫉恶，社会的压制，这样抑郁终身，呼吸不着一口自由的空气的女人"，"她有火炽的热情，一颗强悍的心。她敢于冲破一切的桎梏，做一次困兽斗"。曹禺带着爱与同情描写了繁漪的不幸遭遇，赋予她"美的心灵"和"火炽的热情"。繁漪是18年前被周朴园采用欺骗引诱侍萍的同样手段，骗进周公馆的。这里没有温情、没有生气，是座阴森森的监牢，一口漆黑、残酷的井。冷酷、专横的周朴园，对她施以软禁、压抑、折磨，渐渐地把她磨成石头一样的人。寂寞孤独的生活，沉重窒息的空气，把她闷得透不过气来。本来她已不存在什么希望了，只安安静静地等待死亡的到来。忽然，三年前，周萍从乡间跑来了。繁漪如同一株行将枯萎的花朵，企盼着几滴雨露。她在比她小7岁的周朴园前妻儿子周萍身上，看到了一线希望。周萍虽说是富家子弟，但身上还多少保留一些年轻人应有的纯朴、清新气息。繁漪受过资产阶级教育和"五四"新思潮影响，具有追求个性解放的要求和勇气，不把周朴园竭力维护的"圆满的"家庭秩序放在眼里，根本不接受强加于她的"和周萍是母子关系"的事实。于是她不顾一切地在周萍那里寻求安慰。周萍在冲动中表示恨父亲，愿他死，就是犯了灭伦的罪也不怕。他们相爱了，冲破了强加于他们的伦礼，丢弃了束缚他们的道德。这类事儿，在一夫多妻的旧中国，在有钱人家里，年龄相近的后母与前妻儿子之间是时有发生的，在文学作品中也有反映。如黄庐隐的《父亲》，写的就是一个二十七八岁的庶母与25岁前妻儿子之间的爱情故事。白薇的《打出幽灵塔》也叙述一个血缘纠葛的故事。这类题材处理得好，作者站在时代的高度，用先进的思想意识挖掘其积极的思想内涵是富有追求个性解放、反封建的重要意义的。繁漪和周萍产生爱情的本身，不仅无可非议，而且应该肯定，这是向封建礼教宗法的勇敢挑战，是反封建之举。然而令繁漪大失所望的是，周萍在"冲动"渐渐平息之后，他又以"厌恶"这种关系为由，怯懦地退却了，极不负责任地丢开繁漪，去爱使女四凤，又要离开繁漪，离开周公馆到矿上去。繁漪已经受够了家庭暴君周朴园的折磨、虐待，而今她寄予期望的周萍也厌弃了她，背叛了她。她面对这周家父子两代人的欺侮怒不可遏了，她要反抗，做"一次困兽斗"。

我们先看看曹禺在剧中对她的性格介绍、人物素描："她的脸色苍白，面部轮廓很美。眉目间看出来她是忧郁的。郁积的火燃烧着她，她的目光时常充满了一个年轻的妇人，失望后的痛苦与怨望。她经常抑制着自己。她是一个受过一点新的教育的旧式女人，有她的文弱，她的明慧——她对诗文的爱好，但也有一股子按捺不住的热情和力量在她的心里翻腾着。她的性格中有一股子不可抑制的'蛮劲'，使她能够忽然作出不顾一切的决定。她爱起人来像一团火那样热烈；恨起来也会像一团火，把人烧毁。然而她的外形是沉静的，她像秋天傍晚的树叶，轻轻落在你的身旁。她觉得自己的夏天已经过去，生命的晚霞就要暗下来了。她通身是黑色。旗袍镶着银灰色的花边。"繁漪有"雷雨般"性格，性情刚烈，反抗力强，阴鸷可怖，破坏着她要反叛的一切。

　　她和周朴园之间的关系，是压迫与反压迫，反抗与压制反抗的关系，她是受害者、反抗者。其反抗由消极逐渐到积极，由一般到激烈，到怒不可遏、不顾一切。最后繁漪终于完全撕毁了周朴园的尊严，彻底破坏了周朴园自诩的"最圆满"的"理想家庭"秩序。周朴园逼她喝药，她本没有病，便进行抵制："我不愿意喝这种苦东西""把它拿走""我不想喝""我喝不下"。虽然最后还是带着极大愤怒，涌流着泪喝了，但不是屈从周朴园，而是为了免于周萍为她下跪，不使周萍太难堪。她还爱着周萍，得为他作些牺牲。这次反抗尽管是被动的，因碍于周萍，反抗不够坚决彻底，但她已举起了反抗的义旗，踏上了不再逆来顺受的路。周朴园催她接受克大夫给她看病，先是周朴园两次派人催促，繁漪都不理会。周朴园只得亲自跑来催促，这在气势上，繁漪就占了上风。周朴园说；"克大夫还在等着，你不知道么？"繁漪仍然故意装不知道："克大夫？谁是克大夫？我现在没有病。"周朴园不得不耐住性子，忍住不满为她解释，告诉她克大夫是他在德国读书时的好朋友，是脑科专家。说："你的神经有点失常，他一定治得好。"繁漪一听就爆发了："谁说我的神经失常？你们为什么这样咒我？我没有病，告诉你，我没有病！""哼，我假若是有病，也不是医生治得好的。"说完就一转身走了，对繁漪的"不听话"行为，周朴园还想用家长的威严来威逼她，大声吆喝道："站住！你上哪儿去？"繁漪毫不在乎他的发威，说："到楼上去。"这可让周朴园丢了面子，失掉尊严，破坏了他"夫唱妇随"的家庭秩序，他以一家之主的身份下命令了："你应当听话。"繁漪最反感周朴园的"你应当""你不应当"的发号施令，她怒冲冲地喝了一声："你！"然后故意挑衅似地用逼视的目光打量一下周朴园，嘲弄地说："你忘了你自己是怎样一个人啦！"把话扔给周朴园，自己上楼去了。让周朴园自己去捉摸自己是个怎样的人，这显然是话里有话。周朴园一直以为，他在当时社会上是名流、是贤达，是威风凛凛的上流社会人物；在家里，他教子有方，儿子们都是健全子弟，治家得法，家庭最圆满，最有秩序，是个理想家庭。而繁漪的话的真正含义则是：你也不想想你自己是个什么东西？专干损人利己的缺德事儿，30 年前引诱使女的女儿，18 年前欺骗了我；连你的儿子都诅咒你，愿你死呢！这次斗争中繁漪已经从"被逼喝药"的被动抵御、防守，而转入主动挑衅、无情斥责、大胆揭露了。繁漪冒雨跟踪周萍到鲁家，后半夜两点左右，她回到客厅，雨衣上的水还在往下滴，脸色惨白，鬓发湿漉漉的。在这样夜深人静之际，她竟敢以如此姿态毫不在乎地出现在周朴园面前，这不是挑衅吗！周朴园惊愕了，问她去哪儿了，她报复地回答："我有神经病，出去走走。"看见周朴园很惊愕，她高兴极了，从中得到报复的满足。她看见周朴园在看侍萍的相片，便伸手拿过来，轻蔑地说："哼，又是那个女人的照片！"这没有丝毫的嫉妒，而是得意的冷讽热嘲！周朴园为了摆脱尴尬，让她上楼休息。她毫不示弱，给予轻蔑的回敬："我不愿意，告诉你，我不愿意。"在这一回合的斗争中，繁漪完全是主动发起进攻，反倒是周朴园厌战了，让她走开，而繁漪压根儿不听他那一套。"真相大白"那场戏里，繁漪则一跃而为审判者、主宰者，把周朴园和周萍等人呼来唤去。把周朴园"喊"出来，倨傲地指挥他认亲戚、见儿媳，而且当着众人面撕毁了周朴园庄严的假面具，剥落了他的虚假伪装。繁漪在反抗周朴园封建专制统治的斗争中是个胜利者。

　　繁漪对周萍的斗争更为决绝、彻底，确是"恨起人来也会像一团火，把人烧毁"，更充分展示了她的"雷雨"性格。繁漪对周萍起初是抱有幻想的，"想重拾起一堆破碎的梦而救出自己"

（曹禺语），希望他不要到矿上去，继而退步为要去也可以，央求带上她，最后再退让到"把四凤接来一块儿住，我都可以，只要你不离开我"。可是周萍一定要和她斩断令他"厌恶"的那种关系，彻底背叛了繁漪，不顾繁漪的柔情恳求、据理力争，乃至发出警告，他坚决要丢开繁漪不管，并叫她"滚"，骂她是"疯子"，威胁繁漪说："我要你死！"繁漪忍无可忍了，她决不忍受别人玩弄遗弃，决不安于失败命运；她要反抗、报复，以眼还眼、以牙还牙，你要我死，我也不让你好好活。她警告周萍："我希望你用你的心，想一想，过去我们在这个屋子说的许多话。一个女人，你记着，不能受两代的欺侮，你可以想一想。""小心、小心！你不要把一个失望的女人逼得太狠了，她是什么事都做得出来的。""小心，现在暴风雨就要来了！"当周萍推窗跳进四凤卧室时，她从外面把窗关上，想让周萍出丑，并借他人之手惩治周萍，以解她心头之恨。这也正是她阴鸷、狠毒的一面。最后她全然不顾地当众揭开她和周萍的暧昧关系，指着周萍说："就只有他才要了我整个的人，可是现在不要我了，又不要我了。"这威势咄咄逼人，她含蕴着绝望的悲哀。为了复仇，她不惜同归于尽了。

繁漪毕竟是地主资产阶级队伍中间的一员，她的身上明显地带有剥削阶级的属性。她以阔家太太、上流社会人物自居，把四凤、侍萍视为"下等人"，鄙视他们；她对周朴园的反抗，仅止于反抗家长式的暴君统治，反抗对她的种种束缚、压制，再没有更高的要求（倘若周朴园不是暴君，或周萍能一直陪着她，那么她也就安于周公馆的现状了）；她很自私，为了达到一己的私利，竟然亵渎母亲神圣的天职，拉出自己的亲生儿子周冲来破坏周萍和四凤的结合。繁漪是个成功的艺术典型。她是曹禺为中国现代文学人物画廊贡献的独具特色的人物形象。她是周公馆的勇敢叛逆者，她对周家父子罪行的揭露以及自身的毁灭，有助于我们认识剥削阶级制度的罪恶及其根源。

（三）资产阶级训育的不禁风的弱草——周　萍

在《雷雨》里八个人物中，周萍性格是最复杂，内涵最丰富的，因此也是最不易把握的。不仅观众、读者感到难度大，就是剧作家曹禺本人对周萍的定位、认识也有变化。他在 1936 年 1 月写的《雷雨·序》中把人物性格分作三类："不是恨便是爱，不是爱便是恨；一切都是走向极端，要如雷如电的轰轰地烧一场，中间不容易有一条折中的路。代表这样性格的是周繁漪，是鲁大海，甚至于周萍。而流于相反的性格，遇事希望着妥协、缓冲、敷衍便是周朴园，以至于鲁贵。但后者是前者的阴影，有了他们前者才显得明亮。鲁妈、四凤、周冲是这明暗的间色，他们做成两个极端的阶梯。"但在 1959 年的版本里，又把周萍由原来的一类，归到周朴园、鲁贵所在的二类中去了。1979 年 9 月，曹禺接受王朝闻访问，谈《雷雨》。说到周萍，曹禺说："周萍这个人物太混账，太卑鄙了。演这个人，对他的'坏'，要让观众慢慢觉得才好。"

周萍不是个一眼就能看穿的坏人。他身上有层云翳遮住了人们的眼睛，只有把这些障目的云翳剥开，才能看到周萍本质的坏。那么，罩在周萍身上的云翳是什么呢？第一层是他和后母繁漪的乱伦关系。繁漪为什么对周萍爱得那么执着呢？后来周萍要终止这种关系，繁漪为什么要苦苦纠缠，死拖住不放呢？这是因为，周萍赢得了她的倾心，她在周萍身上发现了令她珍爱的东西。周萍是在繁漪闷得透不过气来、憋得要死的时候，出现在周公馆的。周萍刚从乡下来，身上还保留些年轻人的纯朴、清新的气息，为沉闷、阴森森的周公馆带来一股新鲜空气和一缕阳光。繁漪后来和周萍争吵时都不否认"从前"的周萍是个很"诚恳的人",这个比她小 7 岁的诚恳青年,给了她无比的欣慰,让她看到一线希望。更令她感动的是,周萍是她的知心人,对周公馆这座监牢,对周公馆的暴君周朴园,有着共同感受、一致认识,可谓"志同道合"。周萍也不满意家庭的陈腐,不满父亲的冷酷、专横,深切同情繁漪的不幸际遇。他信誓旦旦,说恨父亲,愿父亲死,与繁漪相爱,即使犯了乱伦的罪他也不怕。这种强烈的反对封建专制意识,对不幸女性的理解和拯救,大义灭亲的宣称,无所畏惧的反叛,不仅能强烈地震撼着渴求自由、渴望爱情的繁漪的心,而且观众、读者们也要将为之动容了。这番话体现了狂飚突进的"五四"革命精神,反对封建专制追求个性解放,张扬人权民主,周萍身上洋溢着青年人的青春活力,展示了时代的风貌,代表着先进思想,这样的时代骄子谁能不喜欢呢?更何况周萍言而有信,敢作敢为。深夜里在客厅幽会,满足了繁漪久被压抑的渴望,安慰了她那颗破碎的心,使她在依偎着周萍痛痛快快哭过之后,感到无比舒畅。繁漪换了一种活法,获得了新生,焕发了青春。她不顾及一切,不考虑后果,把生命和名誉都交给了周萍。这时的周萍堪称是一位封建家庭的叛逆者,倘若他一直沿着这条路走下去,当受到封建势力阻挠、迫害时,则同繁漪愤而出走,或双双殉情,以死抗议,那样他就成为令人崇敬的反封建的英雄了。周萍勇敢地与后母相爱,赢得了人们对他的好感。

第二层云翳是周萍对使女四凤真诚的爱。周萍的为人口碑很好,弟弟周冲说他是个"很重感情的人",使女四凤夸他"待人顶好"。周萍厌恶了与繁漪的那种关系后,正当沉溺于痛悔中难以自拔的时候,他把四凤当作自己的救星,当作拯救自己挣脱苦难的援手而爱上了四凤。他不顾及主婢的尊卑,无视他人的指责,毅然决然坚持自己的选择。他向四凤表白心迹:"凤,你以为我这样自私自利么？你不该这么看我——哼，我怕什么，这些年，我的心都死了，我恨极了自己。现在刚刚有生气，我能放开胆子喜欢一个女人，我反而怕人家骂？哼，让大家说吧，周家大少爷看上家里面的女下人，怕什么，我喜欢她。"繁漪恶意地嘲弄他："你受过这样高等教育的人，同这么一个底下人的女儿，这么一个下等人——"周萍一听，就暴怒了："胡说！你不配说她下等，你不配！"周萍大胆和使女相爱，冲破门第观念，显然是受到了"五四"时代倡导的"劳工神圣"、人道主义的影响和熏陶，这种尊重人权、讲求平等的作为是以时代的先进思想为指导的。这怎么能不令四凤感激涕零、爱之弥深呢！鲁大海指责周萍："你是少爷，你们都是吃饭太容易，有劲儿不知道怎么使，就拿穷人家的女儿开开心，完了事儿可以不负一点儿责任。"周萍明确表态："你说我自私？你以为我真是没有心肝，跟她开心就完了么？你问问你妹妹，她知道我活着就是为了她。我是真爱她！"周萍说话是算数的，对四凤是负责任的，她已决定带四凤走，并且付诸了行动。从已提供的剧情看，周萍是珍惜对四凤的感情的。这又赢得了人们对他的好感。

第三层云翳则是人们对周萍的同情。周萍悔恨自己一时冲动铸成大错，剧中关于他痛悔的戏，给人留下深刻印象。他懊悔莫及，痛心疾首，特别是第一幕有周冲在场的情况下，他和繁漪见面，坐立不安，竭力回避着繁漪，痛苦之深、悔恨之切，令人同情；还有鲁大海连连打他的耳光，他却紧攥着拳头抖动着，老老实实地挨打而不还手，也赚得了人们的怜悯和同情。尤为令人同情的是命运捉弄了他，自己真心实意地喜欢上一个好姑娘，彼此情投意合，而且有了爱情结晶，不料两人竟是同母异父兄妹。老天捉弄人，害得两个青年人双双自杀身亡。他们的骤然毁灭，博得了人们同情的叹息和泪水。

上述便是罩在周萍身上的重重云翳，它以虚幻的美掩饰了周萍本质的丑与坏。那么，周萍的本质坏在哪儿呢？首先要弄清，是什么力量使周萍由勇敢地和繁漪相爱，而变成一定要终止这种关系，必须把繁漪甩开呢？其原因是一个"怕"字：怕父亲周朴园，怕社会舆论，怕旧的统治势力。周萍唯恐他和后母的乱伦关系张扬出去，他就不为他的父亲所容，不为社会所容，不为整个旧的统治势力所容，必将落得个身败名裂的下场，寸步难行，葬送了前途，葬送了一切。周萍是周朴园三个儿子中继承父业的最佳人选，假如他要惹怒了父亲，继承父业、爬上上层社会、名贵显赫、飞黄腾达等，都将成为泡影。基于他个人自私自利的动机，从个人利害关系着想，他就不能再顾及他对繁漪所负的责任了，于是他卑怯地背弃了诺言，斩断和繁漪的情缘。周萍就是这样一个为了名利而抛却情义的小人，是怕这怕那、唯独不怕丧失人格泯灭良心的软骨头。

　　周萍对周朴园的态度，则表现了他做人的基本立场，反映了他的思想品质。他是周朴园最听话的儿子，对父亲唯唯诺诺，孝顺恭谨，唯父亲之命是从。周朴园的言行，他百般顺从；周朴园的意思，他坚决照办；周朴园的命令，他一定执行。把他和他的弟弟周冲一比较，就看得格外清楚了。周朴园说已经把鲁大海开除了，周冲听了，立即提出异议，认为"代表罢工的工人并不见得就该开除"；对矿上不给受伤工人抚恤金，他也表示不同意。而在一边的周萍，对此却一声不响，默认了父亲的所作所为。在周朴园逼繁漪喝药时，周冲反问父亲："爸，妈不愿意，你何必这样强迫呢？"周朴园让周冲把药端给母亲，周冲表示了反抗，很激动地叫了一声："爸！"言外之意，爸你未免也太霸道了，并阻拦周朴园说："您不要这样。"而周萍看着周朴园的满脸怒容，他便走近周冲劝说周冲服从爸爸："听爸爸的话，爸爸的脾气你是知道的。"当周朴园命令周萍跪下劝繁漪喝药时，他虽然觉得很难堪，恳求地叫了声"爸爸！"但还是走近繁漪跟前；繁漪满面泪痕，望着正要向下跪的周萍，一口气把药喝下。

周朴园要辞退鲁贵和四凤，按说这已经直接触及周萍的切身利益，他理应为自己深爱着的四凤求情，说服周朴园把他们父女留下来，可他胆小怯懦，生怕触怒父亲，只说了句"爸爸，不过四凤同鲁贵在家里都很好，很忠诚的"便算完事了。鲁大海怒斥周朴园，当面揭露他伤天害理，发绝子绝孙昧心财的罪行，周朴园恼羞成怒喝令鲁大海"下去！"这时周萍一反平日的胆小怯懦，看到爸爸受辱，便立刻挺身而出，盛气凌人地冲向鲁大海，一边破口大骂："你这个混账东西！"一边"啪啪"地打了鲁大海两个嘴巴。周萍佩服他的父亲，他的父亲在他眼里除了一点倔强和冷酷之外，是一个无瑕的男子。但是这倔强和冷酷也是他喜欢的。况且父亲对他是十分重要的：父亲掌握着他的命运，左右着他的前程。他竭力想做使父亲最满意的好儿子——周公馆的肖子。这样周萍的脚跟就稳稳地站在周朴园所代表的那个社会和那个阶级立场上去了。维护旧的社会制度，维护封建家庭秩序，这便是周萍的阶级属性和思想实质。

剥去了周萍种种障眼的云翳，便看清了他的本质。周萍是地主资本家子弟，一生下来就在父亲的调教和督导下成长，周朴园按照自己的旨意塑造他，把他培养成"健全"的子弟。父亲早已为他安排好了家业，他虽然在公司做点事，但实际上过着"饭来张口，衣来伸手"的寄生生活，他没有周朴园在兴家立业时期怀有的勃勃雄心和冒险精神，所受的资产阶级教育训化他屈从于当时的统治势力，竭力效忠于当时的统治势力，因而他变得精神卑下，意志薄弱，平庸颓唐，萎靡不振，胆小怕事。无法解开面对的重重矛盾，最后只能既害了别人，也葬送了自己。周萍是情感

名家解读中外文学名著书系

和矛盾的奴隶，是资产阶级训育的"一棵弱不禁风的小草"。

（四）生活在烦躁夏天春梦中的少年——周 冲

曹禺说："周冲是这烦躁多事的夏天里一个春梦"，"他是在美的梦里活着的"。"他藏在理想的堡垒里，他有许多憧憬，对社会，对家庭，以至对于爱情。他不能了解他自己，他更不了解他的周围。一重一重的幻念，茧似地缚住了他。他看不清社会，也看不清他所爱的人们。"周冲怀着怎样的理想呢？他满怀希冀，脸上带着快乐的神色，向母亲繁漪叙说他爱上了一个他"最满意的女孩子"，"她心地单纯，她懂得活着快乐，她知道同情，她明白劳动有意义。最好的是，她不是小姐堆里娇生惯养出来的人"。他对周朴园开除工人谈判代表鲁大海有异议，认为"不该开除"，他说："我以为这些人替自己的一群人努力，我们应当同情的。并且我们这样享福，同他们争饭吃，是不对的。"他还诚恳地称鲁大海为"鲁先生"，主动把手伸向他，愿意同这个煤矿工人交朋友。他对四凤说："我从来没有把你当作我的底下人，你是我的姐姐，我的引路人"，"你不是个平常的女人，你有力量，你能吃苦，我们都还年轻，我们将来一定在这个世界上为着人类谋幸福。我恨这不平等的社会，我恨只讲强权的人，我讨厌我的父亲，我们都是被压迫的，我们是一样的。"从上述言行中可以清晰地看出，周冲的理想正是资产阶级革命初期提出的"自由、平等、博爱"之类。在周冲所生活的那个年代，旧中国这样一个半封建半殖民地的社会里，像他这种理想是极不调和、极不现实的，因此周冲会到处碰壁，寸步难行。他的理想像一串串肥皂泡，飘荡在眼前，一根现实的铁针轻轻地、一个一个地把它点破了。

第三幕有个情节极富讽刺意味。周冲到杏花巷十号鲁贵家去送钱。杏花巷是贫民窟，淤水塘永远蒸发着臭气，瞎子们没完没了地唱着春调，乘凉的人心里热燥燥的，一片嘈杂。鲁贵在屋里醉醺醺的，像只臭水塘里的癞蛤蟆，哓哓不休地鼓噪着丑恶的生意经。可是就在这肮脏、混乱的环境中，周冲却如醉如痴地向他心爱的姑娘四凤抒发他对所憧憬的"真世界"的向往："有时我就忘了现在，忘了你，忘了母亲，忘了我自己。像是在一个冬天的早晨，非常明亮的天空……在无边的海上……有一只轻得像海燕似的小船。在海风吹得紧，海上的空气闻得出有点腥、有点咸的时候，白色的帆张得满满的，像一只鹰的翅膀，斜贴着在海面上飞，飞，向着天边飞。那时天边上只淡淡地浮着两三片白云，我们坐在船头，望着前面，前面就是我们的世界。"这个情节很有象征性。周冲吟咏的虚无缥缈的散文诗，恰似他的"憧憬"和"理想"。而他所在的蒸发着腐秽臭气的污水塘边，不就是他生存的社会环境吗？在如此的臭水塘边吟咏如此超脱的诗，岂不是痴人说梦?! 而周冲的许多憧憬、种种理想，妄图在黑暗、腐朽的旧中国得以实现，怎能不碰得头破血流?!

　　周冲纯真、善良，富有正义感、热情和勇气，但他不谙世情，脱离实际，所作所为总是落空。周朴园的举止言行常常引起他的极大反感，只要他发现周朴园逞威、霸道，他总要发出不满和抗议的声音。周朴园逼繁漪喝药，周冲一再抗议："爸，妈不愿意，您何必这样强迫呢？""爸，您不要这样。"他很激动，手都在发颤。周朴园是个说一不二的家庭暴君，他不仅拒绝、训斥了周冲，而且对繁漪施加了更大的压力。周朴园和鲁大海谈判，气氛非常紧张，周朴园怒气冲冲，但当周朴园宣布开除鲁大海时，周冲无所畏惧挺身而出，仗义执言，面对面地指责父亲："这是不公平的。"当然，抗议的结果是遭到训斥、驱赶："你少多嘴，出去!"对父亲的劝阻、抗争屡屡失败，他深深感受到周朴园的专横、顽固。他想在周朴园身上推行他的"平等"，争得"自由"是行不通的，他体会到了理想幻灭的悲哀。有一次，周朴园突然顿生迟暮之感，百无聊赖、寂寞难耐，一反常态地变得温和、亲切起来，他亲近周冲表示关切。周冲对父亲已经失望了，再不存任何幻想，因此抱着敬而远之的态度极力避开。当周朴园提起周冲曾说要和他谈一件什么事时，周冲说："那是我一时糊涂，以后我不会说这样的话了。"这种决绝的口吻，说明了周冲屡次碰了周朴园的壁之后，加深了对周朴园的认识，做起事来变得实际一些了。

周冲是个幻想者，碰的钉子太多了。他同情鲁大海，但全然不了解鲁大海，一厢情愿地想和鲁大海交朋友，结果却遭到蔑视和凌辱，再次品味倡导"平等、博爱"失败的苦涩。周冲去鲁家送钱，以此表达对被辞退的鲁贵和四凤的同情。见到鲁大海，尊称他为"鲁先生"，并为哥哥周萍打了鲁大海致歉。鲁大海不为所动，冷冷地说："少爷，我们用不着你们来安慰，我们生就一副穷骨头，用不着你半夜的时候到这儿来安慰我们"，"你记着，以后你再到这儿来，我就不客气了。"鲁大海粗鲁的话没让周冲灰心，他仍真诚地表示愿意同鲁大海做朋友，并主动伸出友好的手，说："你愿意同我拉一拉手么?"鲁大海没搭理，把身子转过去，用后背对着他。鲁大海得知送钱的事儿，说这是"假慈悲"，把钱交还周冲，喝令他："你给我滚，你给我滚蛋!"周冲哪里会想到自己的一片爱心，竟会落得这样结果。他失望了，接过钱似有所悟地说："好，我走，我错了。"确实是错了，单凭自己主观想当然，"理想"又破灭了。

周冲心中"最满意的女孩子"四凤，也大出周冲的意外，竟然投入哥哥周萍的怀抱，愿意跟他走。面对着眼前真真切切的事实，周冲如梦初醒，朦朦胧胧地感到"我好像并不真爱四凤"。又一个春梦幻灭了。他不因四凤另有所属而伤心，而是深深痛悼美丽幻梦的死亡。周冲一串串肥皂泡似的理想，一个接一个地破灭了。而使他的理想堡垒彻底坍塌的是他的母亲。他一向敬重的慈祥的、聪慧的母亲，怒不可遏地揭穿了"乱伦"的真相。他目睹母亲为情爱而痉挛地喊叫，使他这个正值青春期的儿子震惊了，仿佛天塌下来了。他突然发现：母亲如此丑恶，现实竟如此龌龊。于是，他痛不欲生，与他的许许多多不能实现的理想，一道走向毁灭。

周冲是生活在梦想中的。他的梦想美丽纯洁，纤尘不染。丑恶的现实不仅摧毁了他的理想幻梦，也吞噬了他年轻的生命。周冲是可爱的、无辜的，然而他被毁灭了。无辜者遭难被毁，而周朴园之流的恶人却仍然在逞凶，在为非作歹，这是多么不公的世道啊！曹禺通过周冲这个为人们所喜爱的青年人的多难人生和悲惨遭遇，向丑恶的现实社会进行了沉痛的控诉，提出了严正的抗议。

（五）饱受蹂躏损害的城市劳动妇女——侍　萍

曹禺是这样描写侍萍的："年纪约有四十六七，鬓角有点斑白，面貌白净，看上去只有三十八九岁的样了。她的眼睛有些呆滞，时而呆呆地出神，但是在那秀长睫毛和她圆大的眸子间，还寻得出她年轻时的神韵。她的衣服朴素、洁净，穿在身上，像一个由大家门户落魄的妇人。她头上包着一条白毛巾。她说话总爱微微地笑，声音很低，很沉稳，语音像一个南方人在北方落户久了，夹着一些轻快的南方口音，但是她的字句说得很清楚。她的牙齿非常整齐，笑的时候，在嘴角旁露出一对深深的笑窝。"侍萍是个纯朴、善良、勤劳的城市劳动妇女，是位温厚慈祥，正直高洁的可敬的母亲。她是个本分人，念过书，讲脸，不愿女儿给有钱的主帮工。她的身世很悲惨，遭遇很不幸。30 年前，只有十六七岁时，被周朴园欺骗玩弄，在生下第二个孩子仅三天的一个飘风扬雪的日子，被周朴园赶出家门，怀抱婴儿，走投无路，悲痛欲绝，投河自尽了。被人救起后，为了孩子，她强忍屈辱和悲酸，到处漂泊，煎熬度日，两次改嫁。不幸最后竟嫁给了鲁贵，这个刁奴恶仆视钱如命，毫无廉耻，全无心肝。他欺凌、压迫侍萍，残忍地刺激侍萍破碎的心。侍萍去济南当校役，千叮万嘱鲁贵，不要让四凤到有钱人家当使女，可他全当耳旁风，把四凤领进周公馆伺候太太、少爷们。为了糊口，她远离家乡和子女，到八百里地外的济南去当校役，她牵肠挂肚，心神不宁。鉴于自身的血泪辛酸，她最担心的是女儿四凤重蹈自己年轻时候的覆辙。

侍萍最苦的不是当牛做马、流血流汗，为人辛苦劳作，而是心灵的巨大伤痛，精神的沉重打击。30 年前的屈辱虽然刻骨铭心，但毕竟已被历史所尘封；而今眼前的一桩桩、一件件出乎她意料的事儿，又把她推向苦难深渊，新的痛苦又勾起旧日的创伤，新的打击、旧的伤害一起向她袭来。鬼使神差，她又来到周公馆，亲眼看到自己用过的家具，特别是目睹自己 30 年前的相片，她精神几乎崩溃了，隔了好一会儿，才呻吟着向苍天喊出她的冤愤："哦，天底下地方大得很，怎么熬过这几十年，偏偏又把我这个可怜的孩子放回到他——他的家里？哦，天哪！"冤家路窄，她与周朴园狭路相逢。她凭着强大的精神克制力，强忍着心中的仇恨和悲愤，沉稳、机智地与周朴园周旋。周朴园竭力用谎言、假相美化和抬高自己，迷惑、欺骗侍萍；但终于凶相毕露，他的狰狞丑恶激起了侍萍更强烈的愤怒，对周朴园给予神圣的蔑视，迎头痛击，高傲地撕碎了他送过来的支票。

她思念自己亲生的骨肉——留给周朴园的周萍，她渴望看一看。可她哪里想到，她看到的竟是两个亲生儿子的彼此仇视、詈骂、大打出手。周萍冲向鲁大海，狠狠地打他两个嘴巴，口里还恶狠狠地骂着："你这混账东西！"鲁大海流着血扑向周萍，骂道："你们这群强盗！"对一位母亲来说，这是何等的残忍，对她的打击是多么沉重啊！自此以后，她就更加坚定了要四凤跟自己一同去济南的决心。这时有两件事在揪扯着她的心，使她万分恐惧，一刻也不得安宁：一是怕四凤真跟周家孩子有点什么不规矩；二是怕鲁大海为了报仇，要对周朴园、周萍动刀动枪。她听大海说，他跟周家的"这本账要算清楚的"，她惊慌极了，禁不住严厉地大声警告鲁大海："你听着，我从来没有这样对你说过话。你要是伤害了周家的人，不管是那里的老爷和少爷，你只要伤害了他们，我是一辈子也不认你的。"她逼着鲁大海把枪交给她。为了女儿四凤，她精神上受的折磨和伤害太惨重了。四凤是她唯一的女儿，年幼无知，纯洁善良，涉世未深。她鉴于自己年轻时走错路的惨痛教训，早已下定决心不让女儿到有钱人家当使女，可鲁贵偏偏背着她，把四凤送进了周公馆，使女儿又面临着一个危险的深渊。繁漪和她谈话，她知道周冲对四凤有爱慕之意，她敏感地察觉到女儿已处在危险的境地，果断地决定把四凤领回家，带到济南去。

周冲夜晚来送钱，并和四凤亲切交谈，抒发梦幻理想。她对女儿产生疑虑，进而又发现四凤不愿意跟她到济南去，四凤对这儿还有留恋，这加深了她的疑虑，觉得四凤有什么事情瞒着她，使她产生极大的恐惧与不安。她要四凤发誓一辈子不见周家的人。她流着泪，对四凤沉痛地说："可怜的孩子，不是我不相信你，我是太不相信这个世道上的人了。傻孩子，你不懂，妈的苦是多少年也说不出来的。你妈就是年轻时候没有人来提醒——可怜，妈就是一步走错，就步步走错了。孩子，我就生了你这么一个女儿，我的女儿不能再像她妈妈似的。孩子，你疼我！你要是再骗我，那就是杀了我了，我的苦命的孩子。"这番话凝聚着侍萍30年来的辛酸和血泪，她从自身的不幸遭遇中提高了辨别是非的能力，认清了周朴园之流的虚伪、残忍本性。因此她以现身说法苦口婆心地劝导女儿。30 年来，她欲哭无泪，欲诉无门，有苦只能往肚里吞，怀着深深的隐痛。而今为了让女儿避开自己的歧途，她不得不痛说往事了。侍萍万万没想到，出现在四凤房间里的那个男人竟是她的大儿子周萍，这类事竟发生在两个同胞兄妹之间。这突如其来的残忍事情，使她几乎晕倒了。悲剧进一步在发展，四凤竟怀上了周萍的孩子。侍萍看到自己 30 年前的遭遇，30 年后竟又在自己女儿身上重演，感觉命运太捉弄人了。真是惨绝人寰！但当她看到四凤痛苦万分，晕过去被抢救过来之后，又呼叫着要死在她的面前时，她万般无奈，别无良策，只好答应四凤和周萍一块儿离开这儿。她沉痛地叮咛："你们这次走，最好越走越远，不要回头。今天离开，你们无论生死，就永远不要见我了。"此时此刻，这位慈爱的母亲竟说出如此绝情的话、诀别的话，这是多么惨痛啊，她的心被撕裂了，在汩汩地流血呀。

侍萍是个苦命的女人，但她没有向命运屈服。30 年来，她顽强地生存下来；而今，打击一个接着一个，尽管锥心刺骨，但她还是坚强地支撑着。她有一颗崇高的慈母心，为子女含辛茹苦，历尽煎熬，操碎了心；她有铮铮傲骨、崇高的自尊、高尚的道德力量，鄙视权贵，轻蔑金钱，拒绝收买，捍卫尊严。毋庸讳言，她的头脑里还有浓厚的封建伦理观念和相信天命、报应之类的迷信落后的东西。对周朴园这样的恶人，尽管她怀有血海深仇，却不想报复、惩罚，也坚决阻拦鲁大海去算这笔"账"。剧本通过侍萍血泪斑斑的悲惨遭遇，沉痛地控诉了万恶的剥削阶级残害、侮辱、蹂躏劳动人民的罪行，深刻地揭露了黑暗、腐朽的旧社会的吃人本质。

（六）涉世未深的社会下层纯真少女——四　凤

　　四凤是美丽、充满青春活力的少女。曹禺在人物出场介绍中写道："约有十七八岁，脸上红润，是个健康的少女。她整个身体都很发育，手很白很大。她穿一身纺绸的裤褂，一双略旧的布鞋。她全身都非常整洁，举止活泼，说话很大方、爽快，却很有分寸。她有一双水凌凌的大眼睛，当着她笑的时候，牙齿整齐地露出来。她很爱笑，知道自己是好看的。"她小小的年纪，就让父亲鲁贵带到周公馆，伺候太太和少爷们。她纯洁，善良，对生活充满热情，总是用善意的眼光看待周围的一切。她很爱妈妈，真心实意地愿意听妈妈的话，做个好女儿。尽管她对父亲鲁贵"见钱就忘了命"和他的市侩习气看不惯，甚至怀着一种厌恶的心情，但她是竭力尽女儿的本分，尽量满足他的要求。鲁贵向她"匀钱"还赌债，她很反感，可还是给七块八块的。鲁贵被周家辞了工，饭后醉醺醺地骂街，数落全家人。四凤仍是很尊敬他，为他端茶倒水；当她哥哥鲁大海对鲁贵有些过分的言行时，她总是用责怪的眼色或语气加以制止。虽然繁漪因为出于嫉妒，对她总不免怀有偏见和敌意，但她还是真诚地同情繁漪的处境，尽心竭力地伺候她。鲁大海说了非议周萍的话，她立即给予纠正，说周萍"待人顶好"。对周冲的追求，她给予坦率、明确的拒绝，决不欺骗或假意敷衍。

　　她热爱生活，渴望爱情，追求幸福，但她涉世未深，不懂得社会的险恶，不了解人生的坎坷。周萍不是个一眼就能看穿的坏人，他受过高等教育，受到过"五四"革命精神的熏陶，身上有那个时代青年的一些特色：追求个性解放，"劳工神圣"的影响，讲求人权民主，致力于平等自由。周萍敢于冲破门第观念，大胆地爱上底下人使女，四凤虽然知道由于地位悬殊、尊卑有别，她和周萍相爱存在风险，但她还是勇敢地接受了周萍的爱，而且爱得很热烈，很执着，一片痴情。她听鲁贵讲了周萍和繁漪"闹鬼"的事儿生气了，她认为是说瞎话，根本不信，后来虽然半信半疑，但并未因此而影响她对周萍的感情，她依然信赖周萍，说："你做了什么，我也不怨你"，"我相信你以后永远不会骗我。这我就够了。"并坚定地和周萍在一起，遇到艰难险阻，风雨同行，生死相随。她和周萍的关系被母亲侍萍发现后，她羞愧得想一死了之，可她糊里糊涂地跑进了周公馆花园，忽然发现周萍房间窗户的灯光，她转变了念头，后来她对周萍说："我不能这样就死，我不能一个人死，我丢不了你。我想我们还是可以走，只要一块儿离开这儿。"

她深切地爱着母亲，可她违背了母亲不让她到有钱人家当使女的意旨，并且果真做了母亲所担心的事儿，为此她感到愧对母亲。自母亲从济南回来后，她一直怀着慌恐和不安，陷入了矛盾的旋涡中。既爱母亲又爱周萍，可是母亲最担心的是她和周家少爷发生了什么不规矩的事儿，于是她们母女俩发生了一场迂回战。侍萍疑虑女儿和周冲之间有事儿。四凤先是巧妙地敷衍，但在母亲一再追问和严厉要求下，为了安慰母亲那颗破碎的心，在轰鸣的雷声中，她发下了如果再见周家人就让天上雷劈了的毒誓。

四凤是个纯洁、天真的少女，但在污秽不堪、散发着腐臭的周公馆，两年多的佣工生活中，耳濡目染，渐渐沾染上了一些地主资产阶级的习惯和趣味，沾染上了一些"奴仆性格"。她欣赏和留恋周公馆的奢华生活，她对周公馆的主人们过分敬畏和轻信。从矿上回来的鲁大海与四凤一见面，就敏锐地感到妹妹和以前不一样了。他望着四凤说："这两年——我倒觉得你变了"，劝妹妹"还是把周家的活儿辞了，好好回家"。四凤是个可爱的社会底层少女，纯洁无瑕，善良无辜。她被吞噬了，令人悲悯，使人同情，更让人憎恨那个吃掉她的黑暗社会。她和母亲侍萍的不幸遭遇、悲惨结局，正是旧中国被压在黑咚咚万丈枯井最底层的劳动妇女血泪生活的真实写照。

（七）刁奴恶仆，腐朽制度的社会基础——鲁　贵

侍萍将要从济南回来度假，鲁贵对女儿四凤说："这两年你不是存点钱么？我不是跟你要钱，你放心。我说啊，等你妈回来，把这钱也给她瞧瞧，叫她也开开眼。"四凤说："哼，妈不像您，见了钱就忘了命。""见了钱就忘了命"是鲁贵的本质特征。为了钱，他不顾侍萍不让四凤"到公馆帮人"的嘱咐，硬是把四凤荐到周公馆伺候太太、少爷们；为了钱，他把养子鲁大海送到周朴园的煤矿去当下井工，对鲁大海说："吃人的钱粮，就得受人管"；为了钱，他对亲生女儿也耍无赖手段。当他发现四凤和大少爷周萍有了那种男女关系时，便摆出一副无赖相，向女儿要钱。得不到满足时，就大耍又哄又吓软硬兼施的市侩手段：先把周萍和繁漪"闹鬼"的事儿讲给四凤听，然后装作关心的样子提醒四凤："告诉你真话，叫你聪明一点"；接着就把繁漪叫侍萍来周家，要和她谈话的事儿告诉四凤："你妈一下火车，就到这儿来，是太太要求她来的。"四凤一惊："太太要她来？"鲁贵抓紧时机，故作神秘地说："嗯，奇怪，没亲没故。你看太太偏要请她来谈一谈。""她自己要对你妈说，叫她带着你卷铺盖滚蛋！"这一番话实实在在地把年幼单纯的四凤给吓住了，吓得四凤扑在桌上，直叫"妈呀！"这时，鲁贵又换上一副慈父的面孔，轻轻地抚摸着四凤，用保护、关爱的口吻说："孩子！你看现在才是爸爸好了吧！爸疼你，不要怕！她不敢怎么样，她不会辞你的。这儿呀，还有一个人叫她怕呢！""哼，她怕你的爸爸，你忘了我告诉你那两个鬼啦，

你爸爸会抓鬼","我知道她是个厉害人，可是谁欺负了我的女儿，我就跟谁拼了！"他俨然成了四凤的守护神了。事情进行到这个火候上，他再向四凤提出随便"匀给他点钱"，四凤只得乖乖把钱送给他。鲁贵被辞工回家，又是为了钱，他饭后醉醺醺地数落全家人，骂侍萍"回一次家出一次事，凤儿的事没了，连我的老根子也拔了。妈的，你不来，我能倒这样的霉？"周冲来鲁家送钱以示安慰，四凤坚决不收，让周冲拿回去。鲁贵见钱眼开，喜上眉梢，连忙称赞："你看人家多厚道，到底是人家有钱的人。"四凤让周冲代她向太太问好，仍是不接受周家的钱。鲁贵急忙对四凤说："你看你，哪有你这么说话的？太太叫二少爷亲自送来，这点意思我们好意思不领下么？"他收下钱，对周冲说："您回头跟太太回一声，我们都挺好的。请太太放心，谢谢太太。"

鲁贵以"阔当差"自居，对四凤说："你看我这么个机灵人，这周家上上下下几十口子，哪一个不说我鲁贵聒聒叫。来这里不到两个月，我的女儿在这公馆里找上事，你哥哥在周家矿上当了工人。"四凤提醒鲁贵，让他给老爷周朴园泡普洱茶。他神气地说："那用不着我，他们小当差的早侍候到了。"侍萍由女儿四凤陪着到周公馆来，在客厅一坐下，鲁贵就向她夸耀周家的阔气："这儿公馆什么没有？一到夏天，柠檬水、果子露、西瓜汤、橘子、香蕉、鲜荔枝，你要什么，就有什么。"埋怨她们母女俩一见面就知道唠家常，也不好好看看大家公馆的阔排场。接着又让四凤把她这两年做的衣裳、添的首饰拿给母亲看，让她开开眼。鲁大海代表矿上罢工工人来找周朴园谈判，一进周公馆，鲁贵见了就摆出阔当差的架子，傲慢地斥责鲁大海："咦，你怎么随随便便跑进来啦？""连一点大公馆的规矩也不懂。"说完向老爷周朴园通报去了。鲁大海望着他那小人得志的背影，感到非常厌恶，轻蔑地说："哼，他忘了他还是个人。"真的，鲁贵简直是一条十足的得意洋洋的富人家的狗。

　　曹禺是这样对鲁贵作出场介绍的："约莫四十多岁的样子，神气萎缩，肿眼皮，嘴角松弛地垂下来，他的身体较胖。和许多大公馆的仆人一样，他很懂事，尤其是很懂礼节。他有点驼背，似乎永远欠着身子向主人答应着'是'。他常常贪婪地窥视着。"看他的外部形态和表面现象，他是挺恭顺他的主人们的。在老爷、太太面前，他俯首弯腰，唯唯诺诺，开口"老爷吩咐"，闭口"太太恩典"；见了两位少爷，总是脸上堆着谄笑，陪着小心。而其实呢，鲁贵是个地道的刁奴恶仆，阴险、狡诈、油滑。他对四凤说，在周公馆，"这家除了老头（指周朴园），我谁也看不上眼"。被辞工后，他当着全家人面骂周家："周家人从上到下就没有一个好东西。我伺候他们这两年，他们那点出息我哪一样不知道？反正有钱人顶方便，做了坏事，外面比做了好事装得还体面。文明词越多，心里头越男盗女娼，王八蛋"，"明天我把周家太太和大少爷这点老底子给它一宣布，就连老头这老王八蛋也得给我跪下磕头。忘恩负义的东西。"他抓住了繁漪和周萍"闹鬼"的把柄，常常对繁漪进行要挟、讹诈。他知道繁漪要辞退四凤，于是对繁漪施加压力。繁漪与周萍谈话，希望周萍留下来陪她，不要到矿上去；周萍执意要去，两人谈得不欢而散。周萍走了，繁漪伏在沙发上哭泣，这时鲁贵偷偷地由中门走进来了，看见繁漪在哭，低声地叫了声："太太！"繁漪惊得站了起来，问："你来干什么？"鲁贵说侍萍来了，等了半天了。繁漪问怎么不早点告诉她。鲁贵故意放低声音，显得神秘的样子说："我刚才瞧见太太跟大少爷说话，所以就没敢惊动您。"这种暗示就等于明白地告诉繁漪，你刚才和大少爷之间的所作所为，我可全看见、听见了。繁漪是个明白人，一点就透。她不得不小心地应付着奸诈、诡秘的鲁贵。鲁贵和四凤被周朴园辞掉了，鲁贵凭着他手中的把柄，又来找繁漪。他的目的是让繁漪答应他复工，手段则是赤裸裸地要挟。又是在繁漪刚刚和周萍大吵大闹一通之后，周萍一走，鲁贵立即就来了。他弯腰，问了声："太太，你好。"繁漪吃一惊，问："你怎来了？"鲁贵做了个假笑，说："给您请安来了，我在门口等了半天了。"又诡秘地说："我看见大少爷他正跟您打架，我就没敢进来。"繁漪问他来做什么。鲁贵心里很有把握，他理直气壮地说："我倒是想报告太太，说大少爷晚上喝醉了，跑到我们家去。现在太太既然是也去了，那我就不必多说了。"繁漪见他又来进行要挟，就很嫌恶地问他，现在想干什么。鲁贵倨傲地说："我想见老爷。"繁漪告诉他，老爷睡觉呢。鲁贵说："要是太太愿意办，不找老爷也可以。"进一步要挟说："都看太太怎么办了。"这个无赖靠敲诈手段，终于达到了迫使繁漪答应他"复工"的目的。这个恶仆刁奴，在对他握有把柄主人的斗争中，总是占着上风。

鲁贵是腐朽的丑类，社会的渣滓。他的人生终极目的就是"喝点、赌点、玩点"，他教唆四凤不要跟周萍太认真，叫她"看开点，别糊涂"，要想一想"你是谁？他是谁？就凭你没个好爸爸，人家大少爷会……"所以按他的意思，四凤跟周萍只是"玩一玩"，弄点钱，千万别死心眼，跟他来真格的。他还告诉四凤："这世界上没有一个人靠得住，只有钱是真的。"鲁大海在矿上带头罢工。他骂鲁大海"这孩子混蛋"，"好好的，要罢工"。

《雷雨》的八个人中，只有周朴园和鲁贵跟当时那个社会相处得最融洽、最和谐，上下一致，彼此协调。日子过得很快活、滋润，处境最适宜、称心。他两一个主子、一个奴才，竭力维护着那个他们赖以生存的社会秩序，他们是那个腐朽制度的社会基础。曹禺对他们进行了无情的揭露、猛烈的鞭挞。

（八）产业工人，那个时代亮色的化身——鲁大海

鲁大海刚生下三天，就随着被遗弃的母亲跳进冰冷的河水，幸而被人救起，才保住了这条无辜的小生命。后来母亲改嫁了两次，他随之更名易姓，出东家进西家。且不说跟着母亲到处漂泊，受尽饥寒、千辛万苦，就是为人养子的遭遇，也使他自幼遭人白眼，饱受欺凌。鲁大海是个苦孩子，在苦难和辛酸中成长，体味了人间的冷暖，体会到社会的险恶，在他幼小的心田里播下了仇恨的种子：他恨遗弃他母亲的坏人，恨社会上形形色色的恶人、欺侮人和压迫人的人。长大了，当过大兵，拉过包月车，干过机器匠，以劳动糊口，用血汗换衣食，一直受压迫、受剥削。两年多以前，到周朴园的煤矿上当了下井工，成了个产业工人。在这里他打过工头，闹过罢工，而今被推举为罢工谈判代表，前来和煤矿董事长进行谈判。

他身材魁伟，眉毛粗而黑，两颊微微陷下去，方方的下巴和锐利的眼睛，都表现他性格的倔强。他27岁，眼睛和声音都充满青春活力。他是个像火山要爆发，满蓄着精力的人物。长时期的被压榨、被损害、被侮辱，使他具有了工人阶级的觉悟，富有反抗性、斗争性，对一切剥削者、压迫者深恶痛绝，不断加深着对剥削阶级本性的认识。他到周公馆代表罢工工人前来和周朴园谈判，一见到在这里当使女的妹妹四凤，他就敏锐地感到两年多的周公馆生活，使妹妹发生了变化。这种感觉、认识反映了他的阶级觉悟。他是苦出身，长期生活在劳动人民当中，对四凤在地主资产阶级家庭中受到影响、熏陶，沾染了剥削阶级的习惯、情趣，沾染了"奴仆性格"，他一眼就能看穿。他担心妹妹在这里时间长了，将失掉穷苦人家子弟的本色，便关切地望着四凤说："妈也快

回来了，我看你把周家的活儿辞了，好好回家吧。"四凤诧异地问"为什么?"鲁大海说:"这里不是你待的地方"，四凤紧跟着又问了一个"为什么?"鲁大海仇恨地说:"周家的人不是好东西。这两年我在矿上看够了他们做的事。我恨他们"，"你不要看这样阔气的房子，哼，这都是矿上压死的苦工人给换来的。"世间没有无缘无故的恨，鲁大海仇恨周家不是凭空的，最起码有两年的在实践中的认识过程，他说的是"在矿上看够了他们做的事"，这显然除了周朴园压榨、剥削工人，下令矿警枪杀工人，镇压工人罢工，收买工贼破坏工人罢工等罪行外，还有其他的周家人干了罪恶事儿，否则，为什么说"是他们"? 只不过因为剧中对矿上发生的劳资纠纷、斗争反映得太少，我们无法知晓，但鲁大海的斗争经历是实实在在的，由于周家的人们做了罪恶事，给他留下深刻印象，种下深深仇恨，这是真真切切的。鲁大海和四凤的对话远非一般久别的兄妹唠家常，或平常意义上的兄长关怀妹妹。鲁大海一上场，就给人以具有较高工人阶级觉悟，爱憎分明、立场坚定，富有斗争性的印象。

随着剧情的发展，我们不断加深对鲁大海的了解和认识。他一连两天，坚持要见煤矿董事长，身为罢工工人谈判代表，他忠于职守，认真负责，为了维护矿上工人兄弟的权益，为了不辜负矿工兄弟们的信任，他不见到周朴园决不罢休。另外三个谈判代表被周朴园收买了，当了可耻的工贼，这恰恰反衬了鲁大海阶级立场坚定，斗争性强，爱憎分明，连诡计多端的周朴园也心怀畏惧，不敢收买他。鲁大海英勇无畏，敢于斗争，他坐了多时冷板凳，仍不见周朴园出面，便冲破守护大门仆人们的拦截，闯进公馆客厅，与周朴园展开了面对面的斗争。鲁大海的斗争有理智、讲方法，并非一见面就吵闹、就争斗。他首先亮明身份，周朴园也早已知道他是"罢工闹得最凶的工人"（这从反面有力地说明了鲁大海反抗性强，斗争英勇无畏）；接着义正辞严地质问："我们老远从矿上来，今天我又在你府上门房里从早上六点钟一直等到现在。我就要问问董事长，对我们工人提的条件，究竟是答应不答应？"可是周朴园傲慢狂妄，根本不把鲁大海放在眼里，自认为已经收买了另外三名软骨头谈判代表，顺利地平息了这次罢工，便对鲁大海进行嘲弄，周朴园明知故问："哦——那么，那三个代表呢？"言外之意是：你们罢工已经失败了，只有你鲁大海还蒙在鼓里。鲁大海有所思考，立即戳穿了周朴园："哼，你们的手段，我都明白。你们这样拖延时候，不过是想花钱收买少数不要脸的败类，暂时把我们骗在这儿。"接着理直气壮地正告周朴园："我们这次罢工是有团结的，有组织的。我们代表这次来，并不是来求你们。你听清楚，不求你们。你们答应就答应；不答应，我们一直斗争到底，我们知道你们不到两个月整个地就要关门。"周朴园得意地说："矿上的工人已经在昨天早上复工，你当代表的反而不知道么？"鲁大海愤怒了，当他确知此次罢工失败，更加憎恨靠卑劣手段瓦解罢工的周朴园，于是旧恨新仇涌上心头，他咬牙切齿地面对面地揭露周朴园的血腥罪行："你的手段我早就明白，只要你能弄钱，你什么都做得出来。你叫警察杀了矿上许多工人，你还——你从前在哈尔滨包修江桥，故意叫江堤出险，淹死了两千二百个小工，每个小工的性命你扣三百块大洋！姓周的，你发的是绝子绝孙的昧心财！"揭露得痛快淋漓，周朴园恼羞成怒。

　　这次罢工斗争虽然暂告失败了，但鲁大海坚定不移，他说："不，没完，这本账是要清算的。"他对母亲侍萍说："我也许就要回矿上去。"侍萍忧惧地说："大海，你还闹什么？"鲁大海安慰母亲："我们要闹出个名堂来。妈，不要看他们这么霸道，周家这种人的江山是坐不稳的。"鲁大海决心为了工人阶级利益，回到矿上去，向矿工兄弟们揭露周朴园收买矿工谈判代表、破坏罢工的罪行，揭露那几个无耻工贼的叛卖行为。再把矿工兄弟们发动组织起来，吸取以往罢工失败的教训，总结经验，团结一致，继续和周朴园斗争。不把周朴园斗得向矿工屈服，全部接受矿工们提出的条件就永远和他斗下去。

鲁大海最孝敬母亲侍萍，对侍萍的话几乎是百依百顺。就连那次在四凤的房间里发现了他的仇人周萍，在母亲的拼力阻拦下，他还是放过了周萍。鲁大海对待别人的态度，很大程度上是取决于母亲对这个人的态度如何。四凤是母亲最疼爱、最关心的人，鲁大海也非常关心妹妹，叮嘱她不要让母亲操心，让她"把周家的活儿辞了"；他作为养子，对鲁贵还是尊敬的，在家里为他倒水喝，还把水送到他跟前。但是鲁贵胆敢欺侮他母亲，他可就不客气了，逼着鲁贵向侍萍认错，保证以后再不欺侮。鲁大海对周家人，主要看他们对周朴园是什么态度：周萍看周朴园脸色行事，周朴园对鲁大海发怒了，他便一反胆小怯懦常态，冲上前打鲁大海嘴巴，鲁大海对为虎作伥的周萍很气愤，原因并非仅仅是他打了自己，更主要的是他站在了周朴园一边；鲁大海对周冲是有区别的，他对周冲说过："我们谈过话，我知道你在你们家里还算是明白的。"他对周冲也有不满，并不客气地把他赶出鲁家，那是因为周冲追求四凤，他要保护妹妹，不让妹妹受骗上当；周冲奉繁漪之命前来送钱以示安慰，鲁大海认为这是对他们的侮辱，因此特别气愤，气得骂周冲："你给我滚，给我滚蛋！"

鲁大海的形象不够丰满，与《雷雨》中其他人物形象相比，显然是逊色了。其根本原因是曹禺缺乏生活体验，对工人不够熟悉。据他自己说，"九一八"之后，当时正在清华读书的他和同学们抗战救亡热情高涨，组成宣传队到保定去宣传。在火车上同一位工人坐在一起，于是交谈起来。虽然是一次偶然机会，却给他留下深刻印象。他回忆道："我们看见一个工人，年纪约三十岁左右，神色非常沉静、亲切。他问我们是做什么的，到哪里去。他对我们侃侃而谈，谈得又痛快又中肯。他的知识丰富得惊人，简直像个大学教授一样。但他谈得平易浅显，像说家常一样，对我们讲了许多时事道理。最后说：'好好干吧！你们学生做得对！'他的一席话给我们很大鼓舞，……这个陌生朋友，激起我一些思想情感，使我开始知道，在受苦、受压迫的劳苦大众中，有一种有头脑的了不起的人，这种人叫'产业工人'。这些模糊却又深深印入脑内的认识和印象，在后来写《雷雨》的时候，给了我很大的帮助。"这位工人便是鲁大海最早的影子。

鲁大海这个产业工人的形象丰富了剧作的社会内容，增添了作品的时代色彩。鲁大海是时代亮色的化身，也是时代脉搏中跳动的强音。对他的性格塑造虽然未免粗糙，但剧作中如果没有了他，《雷雨》就失去了时代的支撑点，很可能被认为是一个旧的故事。鲁大海和侍萍、四凤结合一起，把奴隶的声音呼喊出来，从奴隶们的立场对旧的社会制度提出控诉和批判，这就使《雷雨》的现实主义带着一个时代的辉煌曙光。

附：《雷雨》人物关系图

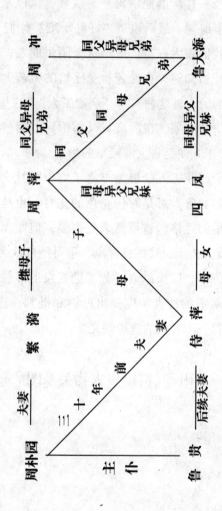

五、出神入化的《雷雨》

《雷雨》是"五四"以来上演场次最多、上座率最高和被移植成其他艺术形式最多的话剧。它之所以有如此强大的生命力、强烈的吸引力，不仅因其思想内涵丰富、深刻，还因其艺术风格独特，艺术技巧高超。下面从四个方面试加分析、论述。

（一）戏剧结构：严谨缜密，妙手天成

纵观"五四"以来的话剧创作，还没有一部像《雷雨》这样杰出的多幕剧，在戏剧结构上这样严谨缜密，这样妙手天成。《雷雨》把半封建半殖民地旧中国家庭和社会前后三十年的错综复杂的矛盾冲突，集中在"一个夏天的上午"到"当夜两点钟"这不到 24 小时的时间内。剧情基本上是在周公馆的客厅里展开的。时间集中，地点集中，这就需要苦心经营结构艺术。曹禺在继承和发展了易卜生和希腊悲剧的结构特征的基础上，形成了他独特的"回顾方法"，把过去的情节和现在的情节交织起来，以"过去的戏剧"来推动"现在的戏剧"。曹禺之所以"要从三十年前的矛盾着眼，而从一天之内的冲突落笔，我们应该从《雷雨》的主题思想来找到解释。在他看来，一切剥削阶级的罪恶，都有历史根源，而且愈来愈严重，因此只有从历史的发展过程中，才能彻底揭露旧中国家庭和社会制度的弊害，才能充分表现受害者的悲惨命运。"（陈瘦竹、沈蔚德《论〈雷雨〉和〈日出〉的结构艺

术》）因此他以"现在的戏剧"为主，而让"过去的戏剧"穿插其间推波助澜，使整个剧情前因后果清晰，既在意料之外，又在情理之中，逐步向高潮发展。

第一幕要为全剧铺平垫底，先把故事发生的时间、地点、人物姓名、过去关系和目前动态交代清楚，然后才能展开戏剧冲突，否则观众理不出头绪。《雷雨》中人物关系极为复杂，前情往事也相当繁多。曹禺在第一幕中以三分之一以上的篇幅，通过鲁贵和四凤的对话场面，在周公馆客厅里，四凤秉承周朴园的指令，为繁漪滤药，鲁贵在擦着矮几上的银烟具，父女二人聊着。鲁贵用又吓又哄的手段向四凤要钱，这不仅直接地表现了鲁贵和四凤各自鲜明的性格，而且交代了许多前情往事，让剧中人物"虚出"亮相。这使观众知道了周朴园三天前从矿上回来，正在设法对付矿上的工人罢工；鲁贵讲了周萍和繁漪"闹鬼"的事，揭出他俩的乱伦关系；大少爷周萍为了躲避后母繁漪的纠缠，正要甩开她到矿上去；繁漪不甘心被抛弃，要死抓住周萍不放，想通过釜底抽薪的办法（让四凤母亲侍萍把四凤领回家），切断四凤和周萍的联系，重新把周萍从四凤怀中夺回来；四凤已有两年多没看见在济南学校做佣工的母亲了，听说她要回来休假，很高兴，但想起自己和周萍的事儿，又着急惊慌了；鲁贵是个卑劣的父亲，一心想从女儿身上捞钱。观众在了解上述人和事的过程中，很自然地被逐步引导到戏剧冲突中心去了。第一幕结尾周朴园逼迫繁漪喝药这场戏，是紧承前面的剧情交代和初步的矛盾展开而发展起来的小高潮。曹禺独具匠心地用"周朴园逼繁漪喝药"这件事，把周家四个人物聚在一起"同台演出"，生动细致地刻画了他们各自的性格，在对比中愈见鲜明，显示出人物之间的复杂关系，并突现了全剧的主要矛盾冲突，即周朴园和繁漪之间压迫与反压迫、反抗与压制反抗的关系。"逼喝药"这场戏主要是表现周朴园和繁

《雷雨》全新解读

漪的矛盾、斗争，同时也显示了含有丰富潜台词的繁漪和周萍的关系，以及周家父与子、兄和弟之间的关系。最后，繁漪怀着对周朴园的愤恨和对周萍的复杂情感，满脸泪痕地屈辱地把药喝下去，结束了这场较量。但是"仇恨入心要发芽"，繁漪被压抑的愤恨必将积聚成更强烈的反抗力量，也必将导致一系列的事件发生，从而形成新的冲突，推动剧情向前发展。

第二幕中，上一幕所展示的矛盾进一步发展。在侍萍来到周公馆之前，先写周萍和四凤之间、周萍与繁漪之间的三角关系，这样就使得侍萍是在更加紧张的气氛中出现，形成一触即发之势。侍萍的出现，使矛盾更加尖锐复杂。通过侍萍的到来，拉开 30 年前"过去的戏剧"的帷幕。一方面增加了侍萍与周朴园的新的矛盾冲突，另一方面把"现代的戏剧"和"过去的戏剧"交织在一起，形成一个完整的历史链条，揭露周家的罪恶历史，为下一步悲剧不可避免的发生奠定了基础。戏剧动作逐步推向总的高潮。曹禺在剧中穿插了侍萍这条线索，在结构上采用了古希腊悲剧作家们所惯用的"发现"和"陡转"形式。侍萍 30 年前受到周朴园的欺骗、玩弄、遗弃，因此她不肯让女儿四凤到有钱人家去当使女。假如她此次一到周公馆就见到繁漪，得知周冲在追求四凤，她一定会立即把四凤带回家去，那么，以后的故事就不会发生了。而曹禺精心地作了安排，让繁漪去为老爷找他的"雨衣"，不给侍萍和繁漪见面的机会。而这"雨衣"和后面周朴园要找的"旧绸衬衫"，又成为侍萍点破周朴园明白她是谁的一条线索。繁漪无暇见侍萍，侍萍只得在客厅等候。这一等，她有所"发现"，看到陈旧的家具和关闭的窗户，继而见到了自己 30 年前的照片。"这张照片？这些家具？——哦，天底下地方大得很，怎么熬过这几十年，偏偏又把这个可怜的孩子，放回到他——他的家里？哦，天哪！"她马上要带着四凤走，就在这当儿，繁漪走进客厅，并让四凤去为老爷找他的"雨衣"，侍萍与繁漪会面了。侍萍听繁漪说了周冲和四凤的事儿，又立即要走，这时周朴园回来了，让繁漪去接受克大夫诊病。这样，客厅里就只剩下侍萍和周朴园，于是发生了"不期而遇"那场戏。侍萍和周朴园30年后再相逢，很富有传奇性。通过这场戏，暴露了周朴园的丑恶灵魂，展示了侍萍的善良和自尊。侍萍要求"见见我的萍儿"，结果发生了她亲眼看见自己的大儿子周萍打自己的二儿子鲁大海嘴巴的事儿，这使她"大哭"，喊道"这真是一群强盗！"鲁贵和四凤被辞退了，周萍决定当晚去鲁家和四凤相会，并在繁漪的逼迫下，承认了他和四凤的关系。繁漪冷笑着警告周萍："小心、小心！你不要把一个失望的女人逼得太狠了，她是什么事都做得出来的。"第二幕以繁漪的自语"风暴就要起来了！"结束。

第三幕，戏剧冲突愈演愈烈。侍萍逼四凤起誓，永远"不见周家的人"；周萍从窗户跳进四凤卧室，繁漪关窗，欲借他人之手加害周萍；侍萍发现自己的子女乱伦；鲁大海取出手枪，冲出家门，追赶周萍、四凤。这一幕，侍萍、四凤、周萍、繁漪、鲁大海，还有鲁贵、周冲，都处在尖锐的矛盾、激烈的冲突中，几乎每个人的情绪和行动都向着失控的极端发展，已经到了欲罢不能的地步，悲剧的结局是不可避免了。周朴园这幕没出场，但这里的一切矛盾冲突都直接或间接地跟他联系着，他是制造周、鲁两家悲剧的罪魁祸首。

第四幕，种种矛盾已经紧密错综地纠缠在一起，蓄满了总的爆发力量。繁漪被周萍看作"疯子"，她的"最后一次"请求（让周萍带她走），遭到拒绝和责骂。这个受周家父子两代人欺侮的女人，在遭到最后一次沉重打击后，她决定做困兽斗，酝酿着最后一次疯狂的反抗报复。鲁大海、四凤、侍萍先后赶到周公馆。周萍本打算乘夜车一个人走，后来又答应带四凤一块儿走。但是，晚了，走不成了。繁漪采用最后的手段，锁上大门，喊来周朴园。周鲁两家人汇集周家客厅，互认了身份，暴露了无法解决的矛盾，不可避免的悲剧终于猛烈爆发了。死的死，疯的疯，全剧达到高潮，结束在毁灭性的悲剧中。

《雷雨》的艺术结构是创造性地继承了中外优秀戏剧文学遗产的结果。它除了借鉴易卜生和古希腊的结构方法外，同时也吸收了中国民族戏剧"要故事，要穿插，要紧张的场面"的结构特长，但绝不是机械地模仿，而是根据自己所要表现的戏剧题材、主题的需要，精心设计了具有自己风格的"雷雨"式结构。

（二）戏剧冲突：跌宕起伏，惊心动魄

戏剧，是冲突集中的艺术；没有集中的冲突，就没有戏剧。曹禺剧作中的矛盾冲突，既极端尖锐，又特别复杂，情节线索也纵横交错，明暗相间，主次分明。周萍同繁漪和四凤的爱情纠葛是一条明线，周朴园和侍萍的关系是一条暗线，周朴园、周萍父子同繁漪的矛盾是全剧的主线，其他人物同周朴园的矛盾是辅线，周朴园是一切矛盾的根源，他是全剧的中心人物。这些错综复杂的线索同时并存，彼此交织，互相影响，互相钳制，使剧情集中而紧张曲折，跌宕起伏，造成惊心动魄、引人入胜的戏剧效果。

《雷雨》戏剧冲突层层推进，环环相扣，次第展现，不断激化，由小的波澜形成各幕的高潮，一幕幕高潮迭起，层层推进，再趋向全剧的大高潮。《雷雨》的大高潮在第四幕的结尾处，大高潮和结局紧密连接。在这之前，过去和现在的错综复杂的动作一律都朝着大高潮方向发展。从第一幕便展开了，周萍与繁漪之间遗弃与反遗弃的斗争，周朴园与繁漪之间束缚和反束缚的斗争，都不断地使剧情趋向高潮。从第二幕开始揭出的 30 年前侍萍与周

朴园的矛盾冲突，也一直伴随着周、鲁两家矛盾的现在动作向大高潮演进。现在的动作和过去的动作交织发展，到第三幕结尾时，悲剧的结局已经不可避免了。剧情发展到这里，现在的矛盾冲突和三年前的矛盾冲突，以及三十年前的矛盾冲突，以繁漪破釜沉舟地反抗报复为纽带，全部汇集在一起了，于是戏剧动作愈演愈烈地向大高潮涌动。繁漪屈尊恳求周萍带上她一道走，在遭到拒绝和辱骂后，她下定决心进行报复，甚至不惜同归于尽：先企图让鲁大海收拾周萍，"企图"落空；继而拉出周冲，让儿子跟周萍争四凤，周冲退却；接着她不顾一切，当众揭穿自己和周萍的乱伦关系；最后她叫出周朴园认亲。就这样，过去的矛盾冲突和现在的矛盾冲突纠结在一起，总爆发了——戏剧达到了大高潮。

　　繁漪与周朴园的矛盾冲突，和繁漪与周萍的矛盾冲突是互为因果的。繁漪和周朴园共同生活18年，她过着透不过气来的窒息生活，被折磨得成了石头人。她恨死了周朴园，反抗情绪日益增长。在《雷雨》提供的剧情中，不到一天的时间里，她同周朴园发生了四次正面冲突。每次冲突都使她的性格发展变化，她与周朴园各自的力量也在此长彼消。第一次，周朴园逼迫繁漪喝药，她虽有反抗，但态度犹豫，不坚决。看到周萍走近她，在周朴园的喝令下要向她下跪时，她终于急迫地强忍着痛苦愤恨，一口气把药喝下去了。第二次，周朴园催促繁漪去接受克大夫诊病，她的反抗显然增强了，她故意装作不知、不懂，从容不迫地与周朴园较量。最后，断然否定周朴园一家之长的权威和尊严，转身离去。周朴园命令她说："你应当听话。"她竟反唇相讥，针锋相对，轻蔑地说："你！你忘了你自己是怎样一个人啦！"第三次，繁漪冒雨从鲁家回来，穿着还在滴水的雨衣走进客厅，与正孤独难耐的周朴园相遇。这时她的反抗已由以往的被动转为主动，由防守转为进攻了。当周朴园被弄得无可奈何只好命令她上楼休息时，她竟毅然决然地回答："不，我要一个人在这儿歇一歇，你给我出去。"第四次，在第四幕全剧将结束时，繁漪对周朴园的反抗已发展到破釜沉舟、无所畏惧的决裂地步，她对周朴园呼来唤去，让他看看他的严明家风、良好道德假面具掩盖下的家庭丑恶，从而把戏剧冲突推向了危机的顶点。繁漪与周朴园的这条矛盾纠葛线，是与繁漪和周萍的矛盾冲突的发展密切相连的。在剧情现在动作的开端，繁漪已经知道周萍对她变心而移情四凤，便想让侍萍把四凤带走，重新把周萍夺回自己的怀抱；后又得知周萍想要摆脱她，到矿上去。就是在这样情势下，她与周朴园进行了第一次交锋，为了争取周萍，她强忍愤恨喝下药，对周朴园的压迫作了违心的忍让。接着，她为了让周萍留下来，同周萍进行了一场初而严肃、倾心，后而充满火药味的谈话，她因要求未能达到有些灰心失望。恰在此时，她与周朴园发生了第二次冲突，这次她显得沉着、冷静，最后对周朴园报以轻蔑的嘲弄。雷雨中，她跟踪周萍，目睹周萍跳窗进四凤卧室，她恨恨不已，从外边关上窗，让周萍受到严惩。之后，她精神恍惚身心交瘁地回到周公馆，跟周朴园有了第三次较量，这时她已表现得什么都不在乎了，不但拒不从命，反而喝令周朴园离开客厅，她要休息。最后一次斗争，是心高气傲的繁漪屈尊恳求周萍把她也带走，在遭到拒绝后，她的雷雨般的性格爆发了，导致了毁灭性的剧烈冲突，玉石俱焚的悲剧。

《雷雨》对人物心理冲突的揭示也是非常出色的。第四幕是悲剧的高潮，人物心理冲突的尖锐复杂已到了令人窒息的程度。四凤，她已怀了周萍的孩子，所以无限悲痛地苦苦哀求妈妈让她跟周萍走，她的心是不平静的：将要远离母亲，跟着周萍这样的人到一个不可知的地方去。周萍，本想丢开四凤，一个人溜走，而隐情被揭穿，想溜又溜不掉了，被迫同意带走四凤。他这个

"不是一眼就能看穿的坏人"，坏主意没得逞，能甘心吗?! 侍萍，心里太苦了，太难了。她不能同意周萍带四凤走，他俩都是自己亲生的，他俩是同胞兄妹呀，她不能让兄妹结为夫妻，可又不能把真相告诉四凤，也不能站出来揭发周朴园的罪行。思来想去，只能怀着由自己承担一切罪过，任上天惩罚的心理，同意四凤跟周萍走了。繁漪，她把对周萍的爱恋和乞求，一下子变成了刻骨的怨恨和疯狂的报复，任性地施展她的雷雨性格。周朴园的虚伪被戳穿了，他标榜的"体面"家庭、"健全"子弟，露出了丑恶的真相。至此，剧中的一切都真相大白了：原来周鲁两家结下了不解的情仇！原来四凤的母亲侍萍竟是被周朴园残忍遗弃的"前妻"！原来四凤钟爱的情人，竟是繁漪的奸夫，竟是母亲的儿子，竟是打自己哥哥、不认自己母亲、占有她身体的畜生！四凤彻底绝望了，她要用死来控诉荒淫无耻的周家，控诉违逆天理人伦的周萍。她满腔悲愤地死了。周冲感受到梦幻的破灭，也死了。周萍作恶多端，死得活该！上述种种人物，此时此刻，此情此景，该是怀着多么复杂的心理，多么尖锐的冲突啊！

（三）语言艺术：动作感强，诗意盎然

《雷雨》的戏剧语言是迷人的。读《雷雨》是一种享受，是对语言艺术的享受。曹禺是我国现代语言艺术大师之一，他的语言艺术突出的成就是：富有鲜明的性格化，强烈的动作性，盎然的诗意和深邃的境界。

戏剧的语言，首要任务是显示剧中人物的性格特征。口舌代心，言为心声。由于性别、年龄的不同，出身、教养的不同，以及生活经历、思想性格的不同，每个人的语言不仅所表达的思想感情不同，而且所运用的词汇和使用的语气也都各有特点。所谓

性格化的语言，是指最能表现某个人物思想的本质，因而与众不同的语言。俗曰"什么样人说什么样话"，使人听了能见其心，看了如闻其声。曹禺在艺术构思时，最先出现在他心目中的是人物，然后从人物性格出发，构成尖锐复杂而又具有重大社会意义的戏剧冲突。他不仅熟悉每个剧中人物，而且探索他们内心深处的奥秘，因此剧中人物的台词（对白和独白），好像不是出自作家的手笔，而是发自剧中人物的心灵深处。曹禺剧作的语言是从生活中提炼出来的人们的口头语言，表面上看是极普通的日常用语，但处处带有鲜明的性格特征。曹禺用语言刻画剧中人物性格，主要采取两种方法。一种是在特定的戏剧情景中，让性格较为单纯的剧中人物自揭本性。对周朴园、侍萍的刻画，采取了这种方法。

周朴园出身于封建地主家庭，在德国留过学，接受过西方资产阶级教育，封建主义和资本主义的思想作风和生活方式他兼而有之。在家里，他是一家之长，统治家庭的暴君，他说一不二，仿佛句句是金科玉律；在矿上，他是董事长，对工人进行残酷的剥削和血腥的镇压，似乎握有生杀予夺的权柄；在社会上，他是名流、贤达，有声誉、有地位，可以颐指气使、左右一切。他说话的基调是武断、果决，短促有力，带有强制命令的语气。矿上工人罢工，他频频多方活动，忙于镇压、平复工潮，一直没得空和家人聚谈。而第一次见到分别已久的妻子繁漪，他说的第一句话，便是责问："你怎么今天下楼来了，完全好了么？"繁漪本来没病，可周朴园主观断定，硬说她有病。于是第二句话便是："你应当再到楼上休息。"接着说到矿上罢工的事，周冲说："代表罢工的工人并不见得就该开除。"周朴园感到逆耳，便斥责周冲"说两三句不关痛痒，同情的话，像是一件很时髦的事情！""我自命比你这种半瓶醋的社会思想要彻底得多！"周冲还对矿上受伤的工人没有得到抚恤金提出异议，周朴园反感地把头一扬说："我认为你这次说话说得太多了。"说着又转向繁漪，埋怨道："这两年他学得很像你了。"一箭双雕，对他们母子俩都表示了不满。然后看着墙上的挂钟说："十分钟后我还有一个客人来，你们关于自己有什么话说么？"从周朴园不多的话里，我们已清楚地看到他的专横、冷酷、盛气凌人、居高临下。紧接着，他逼繁漪喝药，喝令两个儿子劝繁漪喝药，他主宰着全家，恣意地呼来唤去。他当着两个儿子的面训斥繁漪，冷峻地说："就是自己不保重身体，也应当替孩子做个服从的榜样。"一番训斥，把全家人都压服了。他又换上另一种口气，自负地对周萍说："我的家庭是我认为最圆满、最有秩序的家庭，我的儿子我也认为还是健全的子弟，我教育出来的孩子，我绝对不愿叫任何人说他们一点儿闲话的。"看，他多么自以为是，志得意满！在这场戏里，周朴园没做什么具体事儿，但仅仅通过他的语言，张口"你应当"，闭口"我认为"的词句，就使观众和读者了解了他的封建家长作风和他的专横、冷酷、自以为是的性格。而他看钟催促全家人抓紧时间说说自己事情的情节，则表明他的时间观念很强，反映了他受西方资产阶级影响而具有的派头和特征。

随着剧情的发展，周朴园在和侍萍30年后重逢的一场戏里，当他得知侍萍现在已是鲁贵的妻子时，担心侍萍是被"很不老实的"鲁贵唆使前来讹诈的。他说出的话是"严厉地质问"，是"冷冷地"的语调。而当确知侍萍不会对他的名誉、地位、财产构成威胁时，又转而用温情脉脉、情义缠绵的口吻，表达他的"真诚怀念"、"刻骨相思"和"痛心忏悔"。他深情地对侍萍说："你静一静。把脑子放清醒点。你不要以为我的心是死了，你以为一个人做了一件于心不忍的事就会忘了么？你看这些家具都是你以前顶喜欢的东西，多少年我总是留着，为着纪念你。"侍萍低下头，"哦"了一声。周朴园继续说："你的生日——四月十八——

每年我总记得。一切都照着你是正式嫁过周家的人看，甚至于你生萍儿，受了病，总要关窗户，这些习惯我都保留着，为的是不忘你，弥补我的罪过。"可是，当他得知罢工谈判代表鲁大海是侍萍的儿子时，态度又突然发生变化，露出狰狞面孔，冷笑着，忽然对侍萍说："好！痛痛快快的！你现在要多少钱吧！"转瞬间，同一个周朴园，说话口气忽软忽硬，说的内容一会儿缠绵悱恻，一会儿铜臭熏天，嘴脸变来变去。这一番话，把周朴园的伪善、胆怯、虚弱、自私、狡猾暴露无遗，极大地丰富了他的性格。

周朴园的孤独、寂寞、精神空虚和迟暮之感，是通过和他的小儿子周冲对话的一场戏揭示出来的。周朴园意外地见到侍萍，30年前的罪恶和多年来欺人骗世的伪善被揭露了，再加上矿上罢工的压力和鲁大海的冲击，他感到自己衰老了，他开始把自己和"死"联系起来了。夜深人静，寂寞难耐、百无聊赖之际，他和周冲进行了一次谈话。他一反常态，对周冲问长问短，关心备至，他慈爱地问周冲："你现在怎么还不睡？""打了球没有？""快活么？""怕我么？"他把周冲招呼到身边，让他坐近些，寂寞地说："今天——呃，爸爸有点觉得自己老了。你知道么？""如果爸爸有一天死了，没人照拂你，你不怕么？"周冲总是怯生生地应答着，他仍很惧怕父亲，爷俩儿终于不欢而散。很明显，周朴园这番谈话的语气和内容，同以前大不相同了。他的性格在发展变化着，其变化仍是通过他自己性格化的语言直接揭示出来的。

侍萍是个饱受蹂躏和损害的城市底层劳动妇女，她历尽苦难，受到命运的捉弄，心中交织着强烈的悔、恨、痛苦等复杂的感情。在语言表达方式上，是欲言又止，她的语言异常凝练、含蓄、简短，往往又不大连贯，甚至令人费解。这准确地揭示了她因难以表白的痛苦，而造成的复杂、抑郁、悲愤的矛盾心理。30年前被玩弄、遗弃，带着孩子含辛茹苦，艰难度日。不料30年后，鬼使神差，又进了周家的门，目睹客厅里的老式家具，闷热的夏天还关着的窗，特别是自己的那张老照片，她像"做梦似的"，拿起照片惊愕得"哦"了一声，再也说不出话。沉静了一会儿，她喃喃自语："哦，天哪。我是死了的人！这是真的么？这张照片？这些家具？——哦，天底下地方大得很，怎么熬过这几十年，偏偏又把我这个可怜的孩子，放回到他——他的家里？哦，天哪！"当发现周萍出现在四凤卧室里，看见自己的一儿一女发生了这等乱伦事，她又苦不堪言地呼喊着："哦，天！"毁灭性的悲剧爆发之前，她惊悉四凤怀上了周萍的孩子，她既不能把四凤和周萍是同母异父兄妹的真情说出来，也不能控诉周家父子对她和女儿欺侮的罪行，只能把苦水往肚里吞，自言自语着别人无法听懂的话："我是在做梦。我的儿女，我自己生的儿女，三十年工夫——哦，天哪"，"啊，天知道谁犯了罪，谁造的这种孽！——他们都是可怜的孩子，不知道自己做的是什么。天哪，如果要罚，也罚在我一个人身上。他们是我的干净孩子，他们应当好好地活着。罪孽是我造的，苦也应当我一个人尝。"侍萍每逢祸殃，总是呼天抢地，自责"罪孽"深重，这正是一个受苦受难而又觉悟不高，深受天命观和宿命论毒害，而孤苦无告的表现。"天哪！""哦""命啊"成了侍萍高度个性化的语言。

　　曹禺用语言刻画人物的另一种方法，是在剧情发展过程中，让性格较复杂的人物通过在各种场合说不同话的比较，逐步露出虽然矛盾而又统一的性格。这类人物的性格是在剧情发展过程中渐渐显露出来的，它有别于一开口就定下一个基调的那类人物。《雷雨》中的繁漪和周萍都是性格复杂的人物。繁漪是个"受过一点新的教育的旧式女人"，她受资产阶级追求个性解放思想的影响，顽强地追求自己的爱情和幸福。但由于周朴园封建家长式的统治，以及她提防着自己和周萍的暧昧关系被人知晓，所以在一般情况下，她庄重地保持着家庭主妇和周萍后母的身份，隐藏着内心的秘密。第一幕开头，她从楼上下来，想从四凤口中探听周萍的近况。她端着主妇架子询问四凤。说过有关老爷周朴园的话，她突然问四凤："他现在还没起来么？"四凤警觉地问："谁？"繁漪没想到四凤会这样问，便赶忙收敛一下，说："嗯——大少爷。"四凤提防着说："我不知道。"繁漪又问："他这几天就走，究竟到什么地方去？""他又喝醉了？"四凤小心地回答着，不是"我没听见"，就是"我不清楚"。主婢二人都爱着周萍，说话时，一个故做随意问问，一个躲躲闪闪。这番捉迷藏似的对话，双方的语言都很切合自己的身份，又反映出她们之间那种微妙关系，很富于个性化。当繁漪单独和周萍在一起时，她的话反映的才是她的真实性格。她对周萍说到周朴园时，是这样说的："可是人家说一句，我就要听一句，那是违背我本性的。"她的本性是什么？是"爱起人来像一团火那样热烈；恨起人来也会像一团火，把人烧毁"。周萍执意要抛开她到矿上去，她几经恳求遭到拒绝和责骂后，爆发了她的"雷雨"性格。她提醒周萍："一个女子，你记着，不能受两代的欺侮"；她警告周萍："小心，小心！你不要把一个失望的女人逼得太狠了，她是什么事都做得出来的""小心，现在风暴就要起来了！"她果真燃烧起来了，当众揭穿了她和周萍的隐情。她半疯狂地高喊着："我忍了多少年，我在这个死地方，监狱似的周公馆，陪着一个阎王十八年了，我这个人不是我的。就只有他（指周萍）才要了我整个的人，可是他现在不要我了，又不要我了"，"你不要装！你告诉他们，我并不是你的后母"，"你记着，是你才欺骗了你的弟弟，是你欺骗了我，是你才欺骗了你的父亲！"她的这些话，鲜明地表现了她在受尽"欺侮"后，必然不顾一切进行个人主义报复的"本性"。

周萍，"不是一眼就能看穿的坏人"。他的性格很复杂，身上罩着遮挡人们视线的"云翳"，让人不容易一下子看清他的本质。在他的语言中，可以看出常常有许多矛盾的地方：他曾当着繁漪的面诅咒他父亲，说恨他父亲，愿他死，就是犯了灭伦的罪也干。但现在却对父亲唯唯诺诺，唯周朴园之命是从，以自己是周朴园的儿子为荣，用繁漪的话说是"学着你父亲的英雄榜样"；他抛弃繁漪的当初，每逢见到繁漪，处处陪着小心，极力躲避着，或是表示后悔自责："我是个最糊涂，最不明白的人。我后悔，我认为我生平做错一件大事。我对不起自己，对不起弟弟，更对不起父亲。"但后来他终于渐渐露出了本性，辱骂繁漪"胡说"，是"怪物"，"你给我滚开！""你真是疯子！""我要你死！"拨开周萍的"云翳"，剥掉他掩饰的外衣，从他的足以反映他的本质的语言中，我们才看清了他"坏"的本性：他处处维护周朴园的利益和尊严，死心塌地地站在他父亲一边；为了个人私利，他背信弃义，丢开把一切都交给了他的繁漪，置繁漪于水火之中而不顾。

动作是戏剧的特质，是戏剧的灵魂。戏剧冲突的发展过程，就是剧中人物动作与反动作的过程，一出戏就是一个完整的动作。在戏剧作品中，语言的性格化和语言的动作性是密切相联系的。反映人物性格或特定场合性格冲突的语言，既产生人物的外表形体动作，又反映出人物内在思想感情活动。高度性格化语言经常就是富于动作性的语言，曹禺的戏剧语言富有强烈的动作性，人物对话总是能够紧紧抓住人们的注意力，让观众和读者的心伴随着剧情发展的节奏一起跳动。因为这些人物对话，都是人物与事件、性格与冲突的统一，都是既能表现人物性格，又能推动事件发展，在事件的发展中来揭示人物性格的。曹禺的剧作之所以扣人心弦，令人激动不已，是因为人物对话都是以行动着的人物嘴里说出来的，都是贯穿强烈的动作性的。这些人物都是基于行动的需要、斗争的需要才说出这些话的。他们为了应付自己所面临的迫切情势，或是为了进攻，或是为了防御，才说出这些话来的。所以这些对话就充分反映了这些人物在他们所面临的矛盾冲突中进行斗争的紧张情况，就具有吸引人们注意力，扣人心弦的魅力。《雷雨》第一幕通过鲁贵和四凤父女二人对话交代前情往事。从他们的对话中，我们不仅知道了故事发生的时间、地点、人物间关系，而且了解了关于几个主要人物的一些过去情况。这场对话时间较长，竟占第一幕的三分之一，但很富有戏剧性。先交代侍萍的情况，然后鲁贵讲述繁漪和周萍"闹鬼"的故事；先从生活琐事谈起，然后介绍紧张情节，这样由浅入深，就能逐步引人入胜。曹禺的交代叙述，不仅层次分明，而且从人物性格出发，通过鲁贵、四凤的矛盾进行交代叙述。因此，语言不是静止的，而是动作性的；不是纪事的，而是戏剧性的。鲁贵是个"见了钱就忘了命"的人，他正想方设法从女儿手中捞钱，以供他"喝点，赌点，玩点"；四凤天真幼稚，正在和大少爷周萍暗中恋爱，很怕张扬出去。父女俩各怀心事，各有目的。鲁贵明知不容易从女儿手中弄到钱，于是便使用卑劣的哄骗要挟手段来达到目的。四凤虽然讨厌鲁贵，但当她知道鲁贵已抓住了她和周萍关系这个"把柄"，就不得不接受他的敲诈了。曹禺就是以鲁贵父女二人这种动作与反动作为线索，把前情往事的交代叙述串联起来的。鲁贵是往事的叙述者，由于他和女儿在性格上有矛盾，对于许多事情各有不同看法，因此在叙述过程中，抑扬顿挫，曲折多变。鲁贵的目的就是要钱，为达此目的，他步步紧逼。先是一再提起"他"，"大少爷"，继而当面揭露，单刀直入："好孩子，你以为我真糊涂，不知道你同那混账大少爷做的事么？"最后故意反问，进行恐吓："哦，可是半夜送你回家的那位是谁？坐着汽车，醉醺醺的，直对你说胡话的那位是谁呀？"说着得意地大笑，又紧接一句："你不用说，那是我们鲁家的阔女婿！——哼，我们两间半破瓦房居然来了坐汽车的男朋友，找我当差的女儿啦！我问你，他是谁？你说。"四凤愣住了，完全被这个卑鄙的父亲要挟住了。她厌恶、恼怒、羞愧，终于不得不拿出钱来交给鲁贵。鲁贵耍无赖的这番话，很富于动作性。

第二幕中，周朴园和侍萍"不期而遇"的一场戏也是叙述往事，比鲁贵和四凤对话戏剧性更强。周朴园原以为被他赶出家门的侍萍母子早已投河而死，多年来他自作多情，自欺欺人，深切地怀念"前妻"，借以掩盖其丑恶罪行，骗取人们的赞誉。不料，而今侍萍竟真真切切地出现在他的面前。在侍萍叙述悲惨身世过程中，周朴园四次发问，追问站在他面前这位老女人的姓氏、身份，而每次发问时语调不同，台词有变，表达的方式也不一样，这都清楚地表明他不断加剧的紧张心理，他害怕被人识破他的真面目，尤为害怕当年的罪恶被揭露。戏剧动作在起伏跌宕中逐步推进。侍萍目睹大儿子周萍打二儿子鲁大海两个嘴巴，她不禁脱口喊出日夜思念的话："你是萍……"但瞬间，理智迫使她把"萍"化作"凭"，由原来呼唤多年思念的亲子的名字，变成对无理打人者的责问："凭，凭什么打我的儿子？"这具有强烈心理动作性的语言，使人仿佛透视到她胸中的狂澜在骤起骤落，汹涌澎湃。语言的动作性还表现在潜台词的运用上。如周朴园知道鲁妈就是侍萍后，他厉声地问："你来干什么？"基于他的阴暗心理，认为侍萍一定是"来者不善，善者不来"。时隔三十年又找上门来，肯定不怀好意，包藏祸心。他这句问话的潜在意思是：你是来敲诈我吗？！因此接着又问了一句："谁指使你来的？"周朴园已知鲁贵是侍萍的丈夫，又深知鲁贵这个人"很不老实"，所以他后一句话的言外之意是：一定是那个狡猾、刁钻的鲁贵指使你来讹诈我的。

曹禺有深厚的诗歌素养，并且强调剧作家应该学诗。他的剧

《雷雨》全新解读

作追求诗的意境。剧中人物在动感情时说的话，总是言简意赅，性情具足，声色并茂，可感可触，充满浓郁的诗意：有的剧中人的台词就是诗，如《家》中觉新"望梅苦叹"，瑞珏新婚之夜的诗白，都是用诗的语言深刻地揭示了奉父母之命结婚的新郎新娘的内心世界。有的剧作直接借用古人诗词渲染生活气氛或表达人物心情，如：《北京人》中曾文清低吟陆游的《钗头凤》，用以吐露他对不幸婚姻的怨恨；《家》中觉慧和鸣凤背诵苏轼的《水调歌头》，表达对爱情和自由生活的向往。解放前，尽管曹禺剧作反映的社会是那样黑暗，生活是那样污秽，人与人的关系是那样残忍，假恶丑肆虐，真善美遭劫，但曹禺总是在自己的生活领域执着地追求着生活的诗意，并且在剧作中着力表现黑暗中的一线光明，污秽中的一点纯洁，残忍中的一缕温馨，让他感知的真善美去战胜假恶丑。

"在《雷雨》里，宇宙正像一口残酷的井。"（《雷雨》序）残酷的井口上也透出一片缥缈的云天，这便是周冲的春梦。他那梦幻似的爱憎分明的语言，有情有味，有声有色，洋溢着盎然诗意。周冲对四凤说："不，你不是个平常的女人，你有力量，你能吃苦，我们都还年轻，我们将来一定在这个世界为着人类谋幸福。我恨这不平等的社会，我恨只讲强权的人，我讨厌我的父亲，我们都是被压迫的，我们是一样"，"现在的世界是不应该存在的。我从来没有把你当成底下人，你是我的姐姐，我的引路人，我们的真世界不在这儿"。接着，他向四凤吟咏了他向往的"真世界"："像是在一个冬天的早晨，非常明亮的天空……在无边的海上……有一只轻得像海燕似的小帆船……白色的帆张得满满的，像一只鹰的翅膀，斜贴在海面上飞，飞，向着天边飞。那时天边上只淡淡地浮着两三片白云，我们坐在船头，望着前面，前面是我们的世界。"这"真世界"，果真是诗画般的美妙，春梦般的缥缈，表达了一位 17 岁少年的天真纯洁，以及对幸福的憧憬，对自由的渴望。

落在残酷的井里面，"怎么呼号也难逃脱这黑暗的坑"的人们，像侍萍、繁漪，她们感情潮涌时迸发的语言，意味深长，情感浓烈，含蓄隽永，都具有诗的内涵。侍萍得知四凤怀了周萍的孩子，她悲痛欲绝，呼天抢地："天哪，如果要罚，也罚在我一个人身上。他们是我的干净孩子，他们应当好好的活着。"这是一首至情的诗篇，是一位胸怀博大的慈母，从心底发出的炽烈的舐犊挚情。繁漪警告周萍："小心，现在风暴就要起来了！"这句富有诗意象征的台词，一方面暗示周萍，她现在被"逼得太狠"，已经是一个"什么事都做得出来的"女人了；另一方面是预言周公馆这个罪恶的家庭，必将在狂风暴雨、炸雷闪电中彻底毁灭。

戏剧语言鲜明的性格化，使曹禺剧作中的人物跃然纸上，栩栩如生；戏剧语言强烈的动作性，使曹禺剧作生动紧张，扣人心弦；戏剧语言富有浓郁诗意，使曹禺剧作情深意长，发人深思。

（四）舞台指示：人物小传，可演可读

剧本的语言分为作者语言和人物语言。本来剧本写的情节全部是由戏里人物的语言和行为构成的，作者语言只不过是辅助性的"舞台指示"。通常，"舞台指示"只对事件发生的时间、地点、环境气氛、人物上下场及其外貌和动作稍加说明。而曹禺剧作的"舞台指示"独具一格，别出心裁，写得具体入微，生动形象，成为剧本有机的组成部分。《雷雨》中，每个人物出场，都有一段精彩的介绍。曹禺说："我写了许多种人物的小传，其数量远不止《雷雨》中的八个人。"这确是曹禺的首创，在他之前还不曾有过。尽管剧本是为演出写的，曹禺却十分重视剧本的可读性。

巴金称赞说："《雷雨》是一部不但可以演，也可以读的作品。"曹禺的剧作都有细致的环境描写，精彩的人物出场介绍，以及描性摹态，绘声绘色的"舞台指示"，读起来就像阅读小说一样：情景交融，人物活灵活现，对话生动传神。

曹禺剧作的大段环境描写，主要作用是给人物性格的形成和发展提供一种真实可信的条件，人们读着它便自然进入了人物活动的境界。《雷雨》第一幕对周公馆的环境是这样描写的："一个夏天的上午，在周宅的客厅里。左右侧各有一门，一通饭厅，一通书房，中间的门开着，隔一层铁纱门，从铁纱门望出去，花园的树木绿荫荫的，听得见蝉叫声。左边一个立柜，铺着一张黄桌布，上面放着许多摆设。触目的是一张旧相片，很不调和地和这些精致的东西放在一起。右边壁炉上有一只钟，墙上挂一幅油画，炉前有两把圈椅。中间靠左边的玻璃柜里放满了古玩。柜前有一张小矮凳，左角摆了一张长沙发，上面放着三四个缎制的厚垫子。沙发前的矮几上放着烟具等物，台中偏右有两个小沙发同圆桌，桌上放着吕宋烟盒和扇子。帷幔的颜色都是古色古香的，家具非常洁静，有金属的地方都放着光彩。郁热逼人。屋中很气闷，外面没有阳光，天空灰暗，是将要落暴雨的气氛。"这个环境给人的第一印象是中西合璧、新旧并存，既时髦又保守。油画、沙发、壁炉、挂钟、吕宋烟，呈现现代气息；而古玩、圈椅、小矮凳、立柜，特别是那张旧相片，则散发着陈旧的气味。再加上古色古香的帷幔，家具上金属放着的光，十足地表现出封建色彩很浓的资产阶级新贵家庭的气派。这恰合周朴园的身份，也为剧情发展创造了条件。又介绍道"郁热逼人。屋中很气闷，外面没有阳光，天空灰暗，是将要落暴雨的气氛"。简短的几句，给情节的展开和人物的精神状态作了恰切的渲染。"舞台指示"详尽具体的环境描写，清晰地描绘自然景物，介绍时代背景，反映生活气息，显示与人物密切相关的细节。这为演员提供了表演的线索，使读者增加了舞台的实感。

曹禺剧作中比较重要人物首次出场都有性格介绍，不论粗笔勾勒还是精雕细刻，无不形神毕现、惟妙惟肖。不但清晰地描绘人物的外貌，而且直入人物的内心世界，把他灵魂中最隐秘的东西掏出来，而字数也有长达几百字甚至上千字的。这便是作者为人物作的"小传"。看看他笔下的繁漪。"初版"是这样介绍的："她一望就知道是个果敢阴鸷的女人。她的脸色苍白，只有嘴唇微红，她的大而灰暗的眼睛同高鼻梁令人觉得有些可怕。但是眉目间看出来她是忧郁的，在那静静的长睫毛的下面，有时为心中的积郁的火燃烧着。她的眼光中充满了一年轻妇人失望后的痛苦与怨望。她的嘴角向后略弯，显出一个受压抑的女人在管制着自己。她那雪白细长的手，时常在她轻轻咳嗽的时候，按着自己瘦弱的胸。直等自己喘过一口气来，她才摸摸自己红红的面颊，喘出一口气。她是一个中国旧式女人，有她的文弱，有她的哀静，她的明慧，她对诗文的爱好。但是她也有更原始的一点野性；在她的心、她的胆量、她的狂热的思想，在她莫名其妙的决断时忽然来的力量。整个地来看她，她似乎是一个水晶，只能给男人精神的安慰，她的明亮的前额表现出深沉的理解，像只是可以供清谈的；但是当她陷于情感的冥想中，忽然愉快地笑着；当着她见着她所爱的红晕的颜色快乐散布在脸上，两颊的笑涡也显露出来的时节，你才觉得出她是能被人爱的，应当被人爱的。你才知道她到底是一个女人，跟一切年轻的女人一样。她会爱你如一只饿了三天的狗咬着它最喜欢的骨头，她恨起你来也会像恶狗狺狺地，不，多不声不响地恨恨地吃了你的。然而她的外形是沉静的，忧烦的，她会如秋天傍晚的树叶轻轻落在你的身旁，她觉得自己的夏天已经过去，西天的晚霞早暗下来了。"作者用诗样的语言着重刻画了繁漪的内在性格和心理，给演员、读者以启示。曹禺剧作的"作者语言"，对剧中人物语言如何表述，普遍地加插了规定人物动作、神态和语调的说明词。这些绘声绘色的说明词，成为对话不可缺少的部分。如繁漪和周萍的一次谈话。起初，繁漪恳求周萍带她一块儿离开周公馆，繁漪的台词前的括号中分别加上"劝诱地""忧郁地""阴郁地""好像在叙述别人的事情""恳求地"等。这些"提示"既能帮助演员准确地掌握人物的性格，也能帮助读者深入了解人物心理。

名家解读中外文学名著书系

六、评论种种说纷纭

  据四川大学中文系编写的《中国当代文学研究资料·曹禺专集》提供的"评介文章目录索引"统计，有关《雷雨》的论文、剧评，"文革"前有 92 篇，其中新中国成立前 13 篇。据田本相《曹禺传》提供的资料，从 1978 年到 1983 年，全国报刊共发表曹禺剧作论文、剧评、专著 322 篇（部）。笔者没有详查，仅据推测：这 322 篇（部）中，有关《雷雨》的应居首位。

  《雷雨》问世后，著名戏剧家、文学评论家李健吾以"刘西渭"的笔名发表了一篇剧评《雷雨》，刊登在 1935 年 8 月 31 日的《大公报》（天津）上。这是文艺批评界第一篇有分量的《雷雨》论文。他说："《雷雨》是一个内行人的制作，虽说是处女作，立即抓住了一般人的注意。《雷雨》现在可以说是甚嚣尘上。"称誉它是"一出动人的戏，一部具有伟大性质的长剧"。他认为，《雷雨》里"最有力量的一个隐而不见的力量"，是"命运观念"。他说这命运就"藏在人物错综的社会关系和错综的心理作用里"，说繁漪是一个反叛者、被牺牲者，富于"内在的生命"，指出《雷雨》受了希腊悲剧作家欧里庇得斯的《希波里托斯》和法国作家拉辛的《费德尔》影响。他赞扬"作者卖了很大的气力，这种肯卖气力的精神，值得我们推崇，这里所卖的气力也值得我们敬重"。但也中肯地批评了《雷雨》在情节上"过了分"，还须"删削"那"无用的枝叶"。1936 年 1 月 23 日，在日本政治避难的郭沫若撰写了《关于曹禺〈雷雨〉》，刊于同年 4 月 1 日《东流》第 2 卷第 4 期上。称赞：《雷雨》的确是一篇难得的优秀力作。作者于全剧的制造、剧情的进行、宾白的运用、电影手法之向舞台艺术的输入，的确是费了莫大的苦心，而都很自然紧凑，没有现出十分苦心的痕迹。作者于精神病理学、精神分析术等，似乎也有相当的造诣。以我们学过医学的人看来，就使用心地去吹毛求疵，也找不出什么破绽。在这些地方，作者在中国作家中应该是杰出的一个。"文中指出："人生已成为黑暗的命运之主人了。作者对于这一方面的认识似乎还缺乏得一点，因此他的全剧几乎都蒙罩着一片浓厚的旧式道德的氛围气，而缺乏积极性。就是最积极的一个人物如鲁大海，今后也不免要阴消下去。作者如要受人批评，最易被人注意到的怕就是这些地方吧。"

周扬的《论〈雷雨〉和〈日出〉——并对黄芝冈先生的批评的批评》，1937 年 3 月 25 日刊于《光明》2 卷 8 期。他说："《雷雨》的最成功的一面是人物。作者对于自己的人物非常熟悉，非常亲切。他带着爱和感激描写他们，他同情他们的际遇，他觉得这世界太'冷酷'，太'残忍'。对于人物的悲悯的感情化成了对于周围世界的按捺不住的愤懑。这种愤懑正是对于人类一切苦难的根源斗争的发条。一个有理智的人总不能长久地坚牢地相信，苦难的制造者是神秘的命运。所以'本来没有意识着要匡正，讽刺或攻击些什么'的他，写到末了，也不得不'毁谤着中国的家庭和社会'。"他对《雷雨》的"序幕"和"尾声"提出处理意见："在'序幕'和'尾声'里出现的少男少女，用好奇的、不理解的眼睛凝视着老年的一代和他们的命运。这一方面固然证明了老年人死亡的担忧，是一种过虑。但另一方面老年的周朴园却也还是健在，我不是说肉体的他，而是作为社会层的存在。鲁大

名家解读中外文学名著书系

海没有下落了，矿山上大概还是平静无事。罪恶的根源并没有消灭，同样的罪恶还会在其他的许多周朴园们的家庭里重演。与其把这件罪恶推到时间上非常辽远的所在，将观众的情绪引入一种宽驰的平静的境界，不如让观众被就在眼前的这种罪恶所惊吓，而不由自主地叫出：'来一次震撼一切的雷雨吧！'"周扬建议把"序幕"和"尾声"删除。

钱谷融教授在《〈雷雨〉人物谈》中，结合对周朴园等人的分析、评述，指出了作者的一些"弱笔"。第四幕将结束的一场戏，周朴园对侍萍有一番忏悔之词："我一生就做错了这一件事"，"我很后悔，我预备寄给你两万块钱。现在你既然来了，我想萍儿是个孝顺孩子，他会好好地侍奉你。我对不起你的地方，他会补上的。"这番话不但很能迷惑侍萍以及其他在场的剧中人，而且也会冲淡观众和读者对周朴园的憎恨，而使整个作品思想意义受到损害。这弱笔与作者当时思想上的弱点是直接相联系的。钱谷融说："在作者当时的世界观中，占主导地位的是民主主义与人道主义思想。这种思想有它的进步性，也有它的局限性。在这种思想指导下，他对那时那种人压迫人、人剥削人的现象感到极大的愤怒和不平，所以他在作品里能够对充满这种现象的当时的社会，作出深刻的揭露与尖锐的抨击。但是，停留在这样的一个思想水平上，对造成这种现象的原因，是不可能有深刻而明确的认识的。因而，他虽然对社会的真实情况，有敏锐的感觉和强烈的爱憎，但究竟应该怎样正确地对待、批判这种现实，就有些茫然了。因为正确对待和批判的能力，是只有在正确思想指导下才能具备的。他对周朴园这个人物，应该说是了解得相当深的，他洞察他的肺腑。他的笔下，这一人物的精神面貌可以说是展开得非常清晰了。但究竟应该怎样评价这个人物呢？这个人当然不是什么值得同情的好人，而是应该被批判、被否定的人物，这一点对曹禺来说，也是不成问题的。但批判应该掌握什么样的分寸？否定应该达到什么样的程度？这在曹禺，恐怕就不是很明确的了。而且，在他当时的世界观中，或多或少还存在资产阶级人性论思想，他就自然更加不能彻底否定周朴园这个人物了。在鞭打他的时候，他就不免有了一些手软，甚至给他以某种程度的‘曲宥’。而周朴园这种‘天良发现’式的悔罪声调，正是作者手软的表现，正是作者对他作了某种程度的‘曲宥’的表现。”

名家解读中外文学名著书系

尹鸿在《论中国现代悲剧文学的启蒙传统——兼与西方悲剧之比较》中评论道："中国文学最缺乏的是悲剧观念"（蔡元培语），悲剧审美意识的真正觉醒，是"五四"以后的新文学中发生和发展起来的。西方悲剧的主题更强调哲学性，中国现代悲剧主题更强调现实性和社会性，这是就整体而言。但在少数现代悲剧中，一些作家也体现了他们的某种哲学意识。如曹禺的《雷雨》，就不仅仅是一部单纯揭露封建资产阶级大家庭罪恶的悲剧，而是富有深邃的哲学意识，富有哲学意蕴的命运感。《雷雨》的酝酿，是源于青年曹禺在观察世界人生时所产生的一种迷茫感和恐惧感。所以作者有意识地在剧中安排了扑朔迷离、鬼使神差般的偶然和巧合，安排了一个玉石俱焚的结局，并且原宥了周朴园的罪恶。借以暗示，这出悲剧的根源并不只是周朴园或繁漪的过错，而是由于命运的"残忍"和"冷酷"。这表达了曹禺"对宇宙间许多神秘的事物一种不可言喻的憧憬"，也表达了他对人自身的有限性和命运的盲目性的深刻知觉和恐惧。因而，尽管这部悲剧具有反封建的社会意义，但同时它也表现了深邃的哲学意识。还有人指出：整个悲剧的描写囿于家庭生活之内，没有在更广泛的社会阶级斗争背景下展开；在围绕周家勾勒的阶级关系中，又夹杂了使其变得模糊的性爱血缘关系，以致揭露了罪恶而没有挖到根本，抨击了黑暗而没有引出光明，现实主义不得出路，便堕入宿命论和神秘主义。周恩来于1938年冬天，对曹禺说："我很喜欢你的《雷雨》和《日出》……不管别人怎么评论，你的《雷雨》和《日出》，我是很喜欢的。"

下篇　精彩片段解读

威逼吃药

周　萍　　没有忘。但是这儿我住厌了。

周繁漪　　（笑）假若我是你，这周围的人我都会厌恶，我也离
　　　　　开这个死地方的。

周　冲　　妈，我不要您这样说话。

周　萍　　（忧郁地）哼，我自己对自己都恨不够，我还配说厌恶
　　　　　别人？——（叹一口气）弟弟，我想回屋去了。（起
　　　　　立）

　　　　　〔书房门开。

周　冲　　别走，这大概是爸爸来了。

　　　　　〔里面的声音：（书房门开一半，周朴园进，向内露着半个
　　　　　身子说话）我的意思是这么办，没有问题了，很好，再见
　　　　　吧，不送。

　　　　　〔门大开，周朴园进。他约莫有五六十岁，鬓发已经斑白，
　　　　　戴着椭圆形的金边眼镜，一对沉鸷的眼在底下闪烁着。像
　　　　　一切起家立业的人物，他的威严在儿子面前格外显得峻厉。
　　　　　他穿的衣服，还是二十年前的新装，一件团花的官纱大褂，
　　　　　底下是白纺绸的衬衫，长衫的领扣松散着，露着颈上的肉。
　　　　　他的衣服很舒展地贴在身上，整洁，没有一点尘垢。他有
　　　　　些胖，背微微地伛偻，面色苍白，腮肉松弛地垂下来，眼
　　　　　眶略微下陷，眸子闪闪地放着光彩，时常也倦怠地闭着眼
　　　　　皮。他的脸带着多年的世故和劳碌，一种冷峭的目光和偶

然在嘴角逼出的冷笑，看出他平日的专横、自是和倔强。年轻时一切的冒失、狂妄已经为脸上的皱纹深深遮盖着，再也寻不着一点痕迹，只有他的半白的头发还保持昔日的风采，很润泽地分流到后面。在阳光底下，他的脸呈着银白色，一般人说这就是贵人的特征。所以他才有这样大的矿产。他的下颌的胡须已经灰白，常用一只象牙的小梳梳理。他的大指套着一个扳指。

〔他现在精神很饱满，沉重地走出来。

周　萍　（同时）爸。
周　冲

周　冲　客走了？

周朴园　（点头，转向繁漪）你怎么今天下楼来了，完全好了么？

周繁漪　病原来不很重——回来身体好么？

周朴园　还好。——你应当再到楼上去休息。冲儿，你看你母亲的气色比以前怎么样？

周　冲　母亲原来就没有什么病。

周朴园　（不喜欢儿子们这样答复老人的话，沉重地，眼翻上来）谁告诉你的？我不在的时候，你常来问你母亲的病么？
　　　　（坐在沙发上）

周繁漪　（怕他又来教训）朴园，你的样子像有点瘦了似的。——矿上的罢工究竟怎么样？

周朴园　昨天早上已经复工，不成问题。

周　冲　爸爸，怎么鲁大海还在这儿等着要见您呢？

周朴园　谁是鲁大海？

周　冲　鲁贵的儿子。前年荐进去，这次当代表的。

周朴园　这个人！我想这个人有背景，厂方已经把他开除了。

周　冲　开除！爸爸，这个人脑筋很清楚，我方才跟这个人谈了一回。代表罢工的工人并不见得就该开除。

周朴园　哼，现在一般青年人，跟工人谈谈，说两三句不关痛痒、同情的话，像是一件很时髦的事情！

周　冲　我以为这些人替自己的一群努力，我们应当同情的。并且我们这样享福，同他们争饭吃，是不对的。这不是时髦不时髦的事。

周朴园　（眼翻上来）你知道社会是什么？你读过几本关于社会经济的书？我记得我在德国念书的时候，对于这方面，我自命比你这种半瓶醋的社会思想要彻底得多！

周　冲　（被压制下去，然而）爸，我听说矿上对于这次受伤的工人不给一点抚恤金。

周朴园　（头扬起来）我认为你这次说话说得太多。（向繁漪）这两年他学得很像你了。（看钟）十分钟后我还有一个客来，嗯，你们关于自己有什么话说么？

周　萍　爸，刚才我就想见您。

周朴园　哦，什么事？

周　萍　我想明天就到矿上去。

周朴园　这边公司的事，你交代完了么？

周　萍　差不多完了。我想请父亲给我点实在的事情做，我不想看看就完事。

周朴园　（停一下，看周萍）苦的事你成么？要做就做到底。我不愿意我的儿子叫旁人说闲话的。

周　萍　这两年在这儿做事太舒服，心里很想在内地乡下走走。

名家解读中外文学名著书系

周朴园　让我想想。——（停）你可以明天起身，做哪一类事情，到了矿上我再打电报给你。

〔四凤由饭厅门入，端了碗普洱茶。

周　冲　（犹豫地）爸爸。

周朴园　（知道他又有新花样）嗯，你？

周　冲　我现在想跟爸爸商量一件很重要的事。

周朴园　什么？

周　冲　（低下头）我想把我的学费的一部分分出来。

周朴园　哦。

周　冲　（鼓起勇气）把我的学费拿出一部分送给——

〔四凤端茶，放朴园前。

周朴园　四凤，——（向周冲）你先等一等。——（向四凤）叫你给太太煎的药呢？

鲁四凤　煎好了。

周朴园　为什么不拿来？

鲁四凤　（看繁漪，不说话）

周繁漪　（觉出四周的征兆有些恶相）她刚才给我倒来了，我没有喝。

周朴园　为什么？（停，向四凤）药呢？

周繁漪　（快说）倒了，我叫四凤倒了。

周朴园　（慢）倒了？哦？（更慢）倒了！——（向四凤）药还有么？

鲁四凤　药罐里还有一点。

周朴园　（低而缓地）倒了来。

周繁漪　（反抗地）我不愿意喝这种苦东西。

周朴园　（向四凤,高声）倒了来。

〔四凤走到左面倒药。

周　冲　爸,妈不愿意,您何必这样强迫呢?

周朴园　你同你母亲都不知道自己的病在哪儿。（向繁漪低声）你喝了,就会完全好的。（见四凤犹豫,指药）送到太太那里去。

周繁漪　（顺忍地）好,先放在这儿。

周朴园　（不高兴地）不。你最好现在喝了它吧。

周繁漪　（忽然）四凤,你把它拿走。

周朴园　（忽然严厉地）喝了它,不要任性,当着这么大的孩子。

周繁漪　（声颤）我不想喝。

周朴园　冲儿,你把药端到母亲面前去。

周　冲　（反抗地）爸!

周朴园　（怒视）去!

〔周冲只好把药端到繁漪面前。

周朴园　说,请母亲喝。

周　冲　（拿着药碗,手发颤,回头,高声）爸,您不要这样。

周朴园　（高声地）我要你说。

周　萍　（低头,至周冲前,低声）听父亲的话吧,父亲的脾气你是知道的。

周　冲　（无法,含着泪,向着母亲）您喝吧,为我喝一点吧,要不然,父亲的气是不会消的。

周繁漪　（恳求地）哦,留着我晚上喝不成么?

周朴园　（冷峻地）繁漪,当了母亲的人,处处应当替孩子着想,就是自己不保重身体,也应当替孩子做个服从的榜样。

周繁漪　（四面看一看，望望朴园，又望望周萍。拿起药，落下眼泪，忽而又放下）哦，不！我喝不下！

周朴园　萍儿，劝你母亲喝下去。

周　萍　爸！我——

周朴园　去，走到母亲面前！跪下，劝你的母亲。

〔周萍走至繁漪前。（求恕地）

周　萍　哦，爸爸！

周朴园　（高声）跪下！

〔周萍望繁漪和周冲；繁漪泪痕满面，周冲身体发抖。

周朴园　叫你跪下！

〔周萍正向下跪。

周繁漪　（望着周萍，不等周萍跪下，急促地）我喝，我现在喝！（拿碗，喝了两口，气得眼泪又涌出来，她望一望朴园的峻厉的眼和苦恼着的周萍，咽下愤恨，一气喝下）哦……（哭着，由右边饭厅跑下）

🔍 解读

　　《雷雨》全剧由四个高潮构成，依次分布在四幕中。第一幕中，周朴园威逼繁漪喝药；第二幕中，周朴园和侍萍30年后不期而遇；第三幕中，侍萍逼迫四凤对着雷声发誓；第四幕中，周朴园命令周萍认母。全剧紧张曲折，波澜迭起，引人入胜，扣人心弦。

　　第一幕结尾周朴园逼迫繁漪喝药这场戏，是紧承前面鲁贵、四凤父女对话所交代的前情往事，初步展开矛盾冲突而形成的一个小高潮。剧作通过这场戏，把周家四个人物聚在一起"同台演出"，把几条情节线索、几对矛盾冲突纽结在"逼喝药"这个"焦点"上，使几对矛盾冲突围绕"焦点"同时展开。

这场戏，主要表现周朴园和繁漪之间的矛盾、斗争，这是全剧的主要矛盾和冲突。周朴园为了巩固和维护周家的封建式的资产阶级家庭秩序，强暴地压制家中成员的独立意志，专横地扼杀他们的个性要求。他逼迫繁漪吃药，是为了显示自己作为一家之长的权威，是为了证明自己"说一不二"的王法是不可动摇的：我不管你繁漪是否有病、是否需要吃药，只要我说你有病，你就是有病，即使真的没病也是有病；我认定你有病，你就得吃药，不吃药或不立即吃药，我就不答应——不服不行！周朴园让繁漪服从自己，要削平她性格的棱角，让她变成处处顺从自己的奴隶，并通过压服繁漪，警示周萍、周冲。他说得很清楚，让繁漪"处处应当替孩子着想，就是自己不保重身体，也应当替孩子做个服从的榜样"。

繁漪对周朴园的冷酷、专横是有所反抗的，但看到周萍在父亲逼迫下要跪下劝她吃药时，她顾及到她和周萍的暧昧关系，她强忍着痛苦和愤恨，一口气把药喝了。但"仇恨入心要发芽"，繁漪被压抑下去的愤恨必将积聚成更强烈的反抗力量，也必将不断地斗争下去，导致新的冲突，直至酿成惨痛的悲剧。

这场戏还显示了周朴园与周冲父子间的冲突，显示了含有丰富潜台词的繁漪与周萍的关系。周朴园为了压服繁漪，他先是命令周冲把药端过去"请母亲喝"，繁漪仍执拗不从；继而他又命令周萍："去，走到母亲跟前！跪下，劝你的母亲"。于是周冲、周萍也参与到"喝药与否"的冲突中来，从而揭示了他们的性格以及他们与主要冲突双方（周朴园、繁漪）的矛盾冲突。周冲是个生活在春梦中耽于幻想的青年，他追求的是资产阶级革命初期提出的"自由、平等、博爱"，他满怀希冀地向母亲繁漪叙说爱上一个他"最满意的女孩子"，他要娶使女四凤。繁漪说："你父亲一句话就把你所有的梦打破了。"他的回答是："我不相信。"在这场戏里，周冲先是向周朴园辩解说："母亲原来就没有什么病。"继而

名家解读中外文学名著书系

不满父亲对母亲的逼迫，抗议道："爸，妈不愿意，您何必这样强迫呢？"但在周朴园的威逼下，周冲这个坚信自由平等博爱的青年，也必须违心地执行父亲的专横命令，双手把药端到母亲面前，含着泪说："您喝吧，为我喝一点吧，要不然，父亲的气是不会消的。"他的美丽幻想遭到重创，他痛苦地意识到，父亲并不是他实现美丽梦想的支持者。想在周朴园身上推行他的"平等""自由"是行不通的，他深切体味到理想幻灭的悲哀。周冲是纯洁、善良的，而丑恶的现实不仅一次次粉碎了他的理想幻梦，而且还吞噬了他年轻的生命。

周萍和繁漪的关系是暧昧的，表面上是继母子，而其实是不敢公开的情侣。周朴园逼繁漪喝药，周萍不仅不阻止，反而劝弟弟周冲"听父亲的话"，把药端给繁漪。当周朴园命令他去劝繁漪喝药时，他嘴里虽说了声"爸爸！"，恳求周朴园别强迫他，但脚步却顺从地移向繁漪，准备跪劝繁漪。繁漪望着苦恼的周萍和专横的周朴园，一气把药喝下。在这场戏中，强烈刺激着繁漪的不是周朴园的冷酷、专横（她并不畏惧周朴园），而是周萍的卑怯和懦弱。繁漪为了摆脱枯井似的死寂生活，就要寄希望于周萍。周萍的自私、怯懦令她伤心、失望，但她仍幻想周萍能振作起来，恢复当初"无所畏惧"同她相爱的勇气，同她重温旧梦。因此她不肯让周萍向她下跪，不忍心让周萍太难堪，太伤自尊，她还要爱护他、争取他，努力使周萍回到自己身边。于是，她怀着极其复杂的心情疯狂地把药喝下。由此，展示了繁漪和周萍之间具有丰富内涵的非同寻常关系。

不期而遇

周朴园 （点着一支吕宋烟，看见桌上的雨衣，向侍萍）这是太太找出来的雨衣么？

鲁侍萍 （看着他）大概是的。

周朴园 （拿起看看）不对，不对，这都是新的。我要我的旧雨衣，你回头跟太太说。

鲁侍萍 嗯。

周朴园 （看她不走）你不知道这间房子底下人不准随便进来么？

鲁侍萍 （看着他）不知道，老爷。

周朴园 你是新来的下人？

鲁侍萍 不是的，我找我的女儿来的。

周朴园 你的女儿？

鲁侍萍 四凤是我的女儿。

周朴园 那你走错屋子了。

鲁侍萍 哦。——老爷没有事了？

周朴园 （指窗）窗户谁叫打开的？

鲁侍萍 哦。（很自然地走到窗前，关上窗户，慢慢地走向中门）

周朴园 （看她关好窗门，忽然觉得她很奇怪）你站一站，（鲁妈停）你——你贵姓？

鲁侍萍 我姓鲁。

周朴园　姓鲁。你的口音不像北方人。

鲁侍萍　对了，我不是，我是江苏的。

周朴园　你好像有点无锡口音。

鲁侍萍　我自小就在无锡长大的。

周朴园　（沉思）无锡？嗯，无锡，（忽而）你在无锡是什么时候？

鲁侍萍　光绪二十年，离现在有三十多年了。

周朴园　哦，三十年前你在无锡？

鲁侍萍　是的，三十多年前呢，那时候我记得我们还没有用洋火呢。

周朴园　（沉思）三十多年前，是的，很远啦，我想想，我大概是二十多岁的时候。那时候我还在无锡呢。

鲁侍萍　老爷是那个地方的人？

周朴园　嗯，（沉吟）无锡是个好地方。

鲁侍萍　哦，好地方。

周朴园　你三十年前在无锡么？

鲁侍萍　是，老爷。

周朴园　三十年前，在无锡有一件很出名的事情——

鲁侍萍　哦。

周朴园　你知道么？

鲁侍萍　也许记得，不知道老爷说的是哪一件？

周朴园　哦，很远的，提起来大家都忘了。

鲁侍萍　说不定，也许记得的。

周朴园　我问过许多那个时候到过无锡的人，我想打听打听。可是那个时候在无锡的人，到现在不是老了就是死了，活着的多半是不知道的，或者忘了。

鲁侍萍 如若老爷想打听的话，无论什么事，无锡那边我还有认识的人，虽然许久不通音信，托他们打听点事情总还可以的。

周朴园 我派人到无锡打听过。——不过也许凑巧你会知道。三十年前在无锡有一家姓梅的。

鲁侍萍 姓梅的？

周朴园 梅家的一个年轻小姐，很贤慧，也很规矩，有一天夜里，忽然地投水死了。后来，后来，——你知道么？

鲁侍萍 不敢说。

周朴园 哦。

鲁侍萍 我倒认识一个年轻的姑娘姓梅的。

周朴园 哦？你说说看。

鲁侍萍 可是她不是小姐，她也不贤慧，并且听说是不大规矩的。

周朴园 也许，也许你弄错了，不过你不妨说说看。

鲁侍萍 这个梅姑娘倒是有一天晚上跳的河，可是不是一个，她手里抱着一个刚生下三天的男孩。听人说她生前是不规矩的。

周朴园 （痛苦）哦！

鲁侍萍 她是个下等人，不很守本分的。听说她跟那时周公馆的少爷有点不清白，生了两个儿子。生了第二个，才过三天，忽然周少爷不要她了。大孩子就放在周公馆，刚生的孩子她抱在怀里，在年三十夜里投河死的。

周朴园　（汗涔涔地）哦。

鲁侍萍　她不是小姐，她是无锡周公馆梅妈的女儿，她叫侍萍。

周朴园　（抬起头来）你姓什么？

鲁侍萍　我姓鲁，老爷。

周朴园　（喘出一口气，沉思地）侍萍，侍萍，对了。这个女孩子的尸首，说是有一个穷人见着埋了。你可以打听得她的坟在哪儿么？

鲁侍萍　老爷问这些闲事干什么？

周朴园　这个人跟我们有点亲戚。

鲁侍萍　亲戚？

周朴园　嗯，——我们想把她的坟墓修一修。

鲁侍萍　哦，——那用不着了。

周朴园　怎么？

鲁侍萍　这个人现在还活着。

周朴园　（惊愕）什么？

鲁侍萍　她没有死。

周朴园　她还在？不会吧？我看见她河边上的衣服，里面有她的绝命书。

鲁侍萍　不过她被一个慈善的人救活了。

周朴园　哦，救活啦？

鲁侍萍　以后无锡的人是没见着她，以为她那夜晚死了。

周朴园　那么，她呢？

鲁侍萍　一个人在外乡活着。

周朴园　那个小孩呢？

鲁侍萍　也活着。

周朴园　（忽然立起）你是谁？

鲁侍萍　我是这儿四凤的妈，老爷。

周朴园　哦。

鲁侍萍　她现在老了，嫁给一个下等人，又生了个女孩，境况很不好。

周朴园　你知道她现在在哪儿？

鲁侍萍　我前几天还见着她！

周朴园　什么？她就在这儿？此地？

鲁侍萍　嗯，就在此地。

周朴园　哦！

鲁侍萍　老爷，您想见一见她么？

周朴园　不，不。谢谢你。

鲁侍萍　她的命很苦。离开了周家，周家少爷就娶了一位有钱有门第的小姐。她一个单身人，无亲无故，带着一个孩子在外乡什么事都做：讨饭，缝衣服，当老妈，在学校里伺候人。

周朴园　她为什么不再找到周家？

鲁侍萍　大概她是不愿意吧。为着她自己的孩子她嫁过两次。

周朴园　嗯，以后她又嫁过两次。

鲁侍萍　嗯，都是很下等的人。她遇人都很不如意，老爷想帮一帮她么？

周朴园　好，你先下去。让我想一想。

鲁侍萍　老爷，没有事了？（望着朴园，眼泪要涌出）老爷，您那雨衣，我怎么说？

周朴园　你去告诉四凤，叫她把我樟木箱子里那件旧雨衣拿出来，顺便把那箱子里的几件旧衬衣也捡出来。

鲁侍萍　旧衬衣？

周朴园　你告诉她在我那顶老的箱子里，纺绸的衬衣，没有领子的。

鲁侍萍　老爷那种绸衬衣不是一共有五件？您要哪一件？

周朴园　要哪一件？

鲁侍萍　不是有一件，在右袖襟上有个烧破的窟窿，后来用丝线绣成一朵梅花补上的？还有一件，——

周朴园　（惊愕）梅花？

鲁侍萍　还有一件绸衬衣，左袖襟也绣着一朵梅花，旁边还绣着一个萍字。还有一件，——

周朴园　（徐徐立起）哦，你，你，你是——

鲁侍萍　我是从前伺候过老爷的下人。

周朴园　哦，侍萍！（低声）怎么，是你？

鲁侍萍　你自然想不到，侍萍的相貌有一天也会老得连你都不认识了。

周朴园　你——侍萍？不觉地望望柜上的相片，又望（鲁妈）。

鲁侍萍　朴园，你找侍萍么？侍萍在这儿。

周朴园　（忽然严厉地）你来干什么？

鲁侍萍　不是我要来的。

周朴园　谁指使你来的？

鲁侍萍　（悲愤）命，不公平的命指使我来的！

周朴园　（冷冷地）三十年的工夫你还是找到这儿来了。

鲁侍萍　（怨愤）我没有找你，我没有找你，我以为你早死了。

我今天没想到到这儿来，这是天要我在这儿又碰见你。

周朴园　你可以冷静点。现在你我都是有子女的人，如果你觉得心里有委屈，这么大年纪，我们先可以不必哭哭啼啼的。

鲁侍萍　哭？哼，我的眼泪早哭干了，我没有委屈，我有的是恨，是悔，是三十年一天一天我自己受的苦。你大概已经忘了你做的事了！三十年前，过年三十的晚上我生下你的第二个儿子才三天，你为了要赶紧娶那位有钱有门第的小姐，你们逼着我冒着大雪出去，要我离开你们周家的门。

周朴园　从前的旧恩怨，过了几十年，又何必再提呢？

鲁侍萍　那是因为周大少爷一帆风顺，现在也是社会上的"好人物"。可是自从我被你们家赶出来以后，我没有死成，我把我的母亲可给气死了，我亲生的两个孩子你们家里逼着我留在你们家里。

周朴园　你的第二个孩子你不是已经抱走了么？

鲁侍萍　那是你们老太太看着孩子快死了，才叫我带走了。（自语）哦，天哪，我觉得我像在做梦。

周朴园　我看过去的事不必再提起来吧。

鲁侍萍　我要提，我要提，我闷了三十年了！你结了婚，就搬了家，我以为这一辈子也见不着你了；谁知道我自己的孩子偏偏命定要跑到周家来，又做我从前在你们家里做过的事。

周朴园　怪不得四凤这样像你。

鲁侍萍　我伺候你，我的孩子再伺候你生的少爷们。这是我的报应，我的报应。

周朴园　你静一静。把脑子放清醒点。你不要以为我的心是死了，你以为一个人做了一件于心不忍的事就会忘了么？你看这些家具都是你从前顶喜欢的东西，多少年我总是留着，为着纪念你。

鲁侍萍　（低头）哦。

周朴园　你的生日——四月十八——每年我总记得。一切都照着你是正式嫁过周家的人看，甚至于你因为生萍儿，受了病，总要关窗户，这些习惯我都保留着，为的是不忘你，弥补我的罪过。

鲁侍萍　（叹一口气）现在我们都是上了年纪的人，这些傻话请你也不必说了。

周朴园　那更好了。那么我们可以明明白白地谈一谈。

鲁侍萍　不过我觉得没有什么可谈的。

周朴园　话很多。我看你的性情好像没有大改，——鲁贵像是个很不老实的人。

鲁侍萍　你不要怕。他永远不会知道的。

周朴园　那双方面都好。再有，我要问你的，你自己带走的儿子在哪儿？

鲁侍萍　他在你的矿上做工。

周朴园　我问，他现在在哪儿？

鲁侍萍　就在门房等着见你呢。

周朴园　什么？鲁大海？他！我的儿子？

鲁侍萍　他的脚趾头因为你的不小心，现在还是少一个的。

周朴园 （冷笑）这么说，我自己的骨肉在矿上鼓动罢工，反对我！

鲁侍萍 他跟你现在完完全全是两样的人。

周朴园 （沉静）他还是我的儿子。

鲁侍萍 你不要以为他还会认你做父亲。

周朴园 （忽然）好！痛痛快快的！你现在要多少钱吧？

鲁侍萍 什么？

周朴园 留着你养老。

鲁侍萍 （苦笑）哼，你还以为我是故意来敲诈你，才来的么？

周朴园 也好，我们暂且不提这一层。那么，我先说我的意思。你听着，鲁贵我现在要辞退的，四凤也要回家。不过——

鲁侍萍 你不要怕，你以为我会用这种关系来敲诈你么？你放心，我不会的。大后天我就带着四凤回到我原来的地方。这是一场梦，这地方我绝对不会再住下去。

周朴园 好得很，那么一切路费，用费，都归我担负。

鲁侍萍 什么？

周朴园 这于我的心也安一点。

鲁侍萍 你？（笑）三十年我一个人都过了，现在我反而要你的钱？

周朴园 好，好，好，那么，你现在要什么？

鲁侍萍 （停一停）我，我要点东西。

周朴园 什么？说吧。

鲁侍萍 （泪满眼）我——我——我只要见见我的萍儿。

周朴园 你想见他？

鲁侍萍　嗯，他在哪儿？

周朴园　他现在在楼上陪着他的母亲看病。我叫他，他就可以下来见你。不过是——

鲁侍萍　不过是什么？

周朴园　他很大了。

鲁侍萍　（追忆）他大概是二十八了吧？我记得他比大海只大一岁。

周朴园　并且他以为他母亲早就死了的。

鲁侍萍　哦，你以为我会哭哭啼啼地叫他认母亲么？我不会那样傻的。我难道不知道这样的母亲只给自己的儿子丢人么？我明白他的地位，他的教育，不容他承认这样的母亲。这些年我也学乖了，我只想看看他，他究竟是我生的孩子。你不要怕，我就是告诉他，白白地增加他的烦恼，他自己也是不愿意认我的。

周朴园　那么，我们就这样解决了。我叫他下来，你看一看他，以后鲁家的人永远不许再到周家来。

鲁侍萍　好，我希望这一生不至于再见你。

周朴园　（由衣内取出皮夹的支票签好）很好，这是一张五千块钱的支票，你可以先拿去用。算是弥补我一点罪过。

鲁侍萍　（接过支票）谢谢你。（慢慢撕碎支票））

周朴园　侍萍。

鲁侍萍　我这些年的苦不是你拿钱算得清的。

周朴园　可是你——

〔外面争吵声。鲁大海的声音："放开我，我要进去。"三四个男仆声："不成，不成，老爷睡觉呢。"门外有男仆等与鲁大海挣扎声。

《雷雨》全新解读

周朴园　（走至中门）来人！（仆人由中门进）谁在吵？

仆　人　就是那个工人鲁大海！他不讲理，非见老爷不可。

周朴园　哦。（沉吟）那你就叫他进来吧。等一等，叫人到楼上请大少爷下来，我有话问他。

仆　人　是，老爷。

〔仆人由中门下。

周朴园　（向鲁妈）侍萍，你不要太固执。这一点钱你不收下，将来你会后悔的。

鲁侍萍　（侍萍望着他，一句话也不说）

〔仆人领大海进。大海站在左边，三四个仆人立一旁。

鲁大海　（见鲁妈）妈，您还在这儿？

周朴园　（打量鲁大海）你叫什么名字？

鲁大海　（大笑）董事长，您不要同我摆架子，您难道不知道我是谁么？

周朴园　你？我只知道你是罢工闹得最凶的工人代表。

鲁大海　对了，一点儿也不错，所以才来拜望拜望您。

周朴园　你有什么事吧？

鲁大海　董事长当然知道我是为什么来的。

周朴园　（摇头）我不知道。

鲁大海　我们老远从矿上来，今天我又在您府上大门房里从早上六点钟一直等到现在，我就是要问问董事长，对于我们工人的条件，究竟是允许不允许？

周朴园　哦，——那么，那三个代表呢？

鲁大海　我跟你说吧，他们现在正在联络旁的工会呢。

周朴园　哦，——他们没有告诉你旁的事情么？

名家解读中外文学名著书系

鲁大海　告诉不告诉于你没有关系。——我问你，你的意思，忽而软，忽而硬，究竟是怎么回子事？

〔周萍由饭厅上，见有人，即想退回。

周朴园　（看周萍）不要走，萍儿！（视鲁妈，鲁妈知周萍为其子，眼泪汪汪地望着他）

周　萍　是，爸爸。

周朴园　（指身侧）萍儿，你站在这儿。（向大海）你这么只凭意气是不能交涉事情的。

鲁大海　哼，你们的手段，我都明白。你们这样拖延时候，不过是想去花钱收买少数不要脸的败类，暂时把我们骗在这儿。

周朴园　你的见地也不是没有道理。

鲁大海　可是你完全错了。我们这次罢工是有团结的，有组织的。我们代表这次来并不是来求你们。你听清楚，不求你们。你们允许就允许；不允许，我们一直罢工到底，我们知道你们不到两个月整个地就要关门的。

周朴园　你以为你们那些代表们，那些领袖们都可靠么？

鲁大海　至少比你们只认识洋钱的结合要可靠得多。

周朴园　那么我给你一件东西看。

〔朴园在桌上找电报，仆人递给他；此时周冲偷偷由左书房进，在旁谛听。

周朴园　（给大海电报）这是昨天从矿上来的电报。

鲁大海　（拿过去读）什么？他们又上工了。（放下电报）不会，不会。

周朴园　矿上的工人已经在昨天早上复工，你当代表的反而不知道么？

鲁大海 （惊，怒）怎么矿上警察开枪打死三十个工人就白打了
么？（又看电报，忽然笑起来）哼，这是假的。（笑）哼，
你们自己假作的电报来离间我们的。你们这种卑鄙无赖的
行为！

周　萍 （忍不住）你是谁？敢在这儿胡说？

周朴园 萍儿！没有你的话。（低声向大海）你就这样相信你那
同来的几个代表么？

鲁大海 你不用多说，我明白你这些话的用意。

周朴园 好，那我把那复工的合同给你瞧瞧。

鲁大海 （笑）你不要骗小孩子，复工的合同没有我们代表的
签字是不生效力的。

周朴园 哦，（向仆人）合同！（仆人由桌上拿合同递他）你看，
这是他们三个人签字的合同。

鲁大海 （看合同）什么？（慢慢地，低声）他们三个人签了字他们
怎么会不告诉我，自己就签了字呢？他们就这样把我
不理啦。

周朴园 对了，傻小子，没有经验只会胡喊是不成的。

鲁大海 那三个代表呢？

周朴园 昨天晚车就回去了。

鲁大海 （如梦初醒）他们三个就骗了我了，这三个没有骨头的
东西，他们就把矿上的工人们卖了。哼，你们这些不
要脸的董事长，你们的钱这次又灵了。

周　萍 （怒）你混账！

周朴园 不许多说话。（回头向大海）鲁大海，你现在没有资格

跟我说话——矿上已经把你开除了。

鲁大海　开除了!?

周　冲　爸爸，这是不公平的。

周朴园　（向周冲）你少多嘴，出去！

　　　　〔周冲由中门气下。

鲁大海　哦，好，好，（切齿）你的手段我早就领教过，只要你
　　　　能弄钱，你什么都做得出来。你叫警察杀了矿上许多
　　　　工人，你还——

周朴园　你胡说！

鲁侍萍　（至大海前）别说了，走吧。

鲁大海　哼，你的来历我都知道，你从前在哈尔滨包修江桥，
　　　　故意叫江堤出险，——

周朴园　（厉声）下去！

　　　　〔仆人等拉他，说"走！走！"

鲁大海　（对仆人）你们这些混账东西，放开我。我要说，你故
　　　　意淹死了两千二百个小工，每一个小工的性命你扣三
　　　　百块钱！姓周的，你发的是绝子绝孙的昧心财！你现
　　　　在还——

周　萍　（忍不住气，走到大海面前，重重地打他两个嘴巴）你这种
　　　　混账东西！〔大海立刻要还手，但是被周宅的仆人们拉住。

周　萍　打他。

鲁大海　（向周萍高声）你！（正要骂，仆人们一齐打大海。大海头
　　　　流血。鲁妈哭喊着护大海）

周朴园　（厉声）不要打人！

　　　　〔仆人门停止打大海，仍拉住大海的手。

鲁大海　放开我，你们这一群强盗！

周　萍　（向仆人们）把他拉下去。

鲁侍萍　（大哭起来）哦，这真是一群强盗！（走至周萍面前，抽咽）你是萍，——凭，——凭什么打我的儿子？

周　萍　你是谁？

鲁侍萍　我是你的——你打的这个人的妈。

鲁大海　妈，别理这东西，您小心吃了他们的亏。

鲁侍萍　（呆呆地看着周萍的脸，忽而又大哭起来）大海，走吧，我们走吧。（抱着大海受伤的头哭）

〔大海为仆人们拥下，鲁妈亦下。台上只有周朴园与周萍。

周　萍　（过意不去地）父亲。

周朴园　你太莽撞了。

周　萍　可是这个人不应该乱侮辱父亲的名誉啊。

〔半晌。

 解读

　　周朴园与侍萍30年后不期而遇的一场戏是第二幕的高潮，这个高潮是由四个波澜次第推进而形成的。开始，周朴园看到侍萍关上客厅窗户的动作姿态，觉得很眼熟，仿佛是30年前经常见到的，便满腹狐疑地问侍萍："你——你贵姓？"这句发问构成了第一个波澜。但这个波澜随着侍萍镇静地回答"我姓鲁"平息下去了。接着，侍萍的说话口音又引起周朴园的关注和沉思，他向侍萍询问30年前，在无锡发生的梅小姐投水而死的事。侍萍满怀怨悔地诉说了自己被玩弄、遗弃，抱着孩子投河的遭遇，戳穿了周朴园的谎言，说："她不是小姐，是无锡周公馆梅妈的女儿，她叫侍萍。"这深深地刺痛了周朴园，他又疑窦顿生，再次看着侍萍

名家解读中外文学名著书系

发问："你贵姓？"惶惑之色溢于言表，这是第二个波澜。侍萍不卑不亢地回答："我姓鲁，老爷。"于是，紧张的气氛又归于风平浪静。周朴园向侍萍打听"梅小姐"的坟在哪儿，说想要把她的坟修一修。侍萍告诉周朴园，他打听的那位"梅小姐"投河后被人救活了，如今她还活着，那个孩子也活着。这消息如石破惊天，使周朴园心头上刚刚散去的疑云又骤然聚集在心窝；他闻之惊心丧胆，忽然站起身，急切地发问："你是谁？"掀起第三个波澜。侍萍极力压住内心翻卷的狂涛，冷静凛然地回答："我是这儿四凤的妈，老爷。"这使剧情又由波峰跌入波谷。之后，周朴园让侍萍告诉四凤，为他把装在樟木箱子里的几件旧绸衬衣捡出来。侍萍如数家珍似地说："老爷那种绸衬衣不是一共有五件？您要哪一件？""不是有一件，在右袖襟上有个烧破的窟窿，后来用丝线绣成一朵梅花补上的？还有一件，——""还有一件绸衬衣，左袖襟也绣着一朵梅花，旁边还绣着一个萍字。还有一件，——"周朴园陡然醒悟，慢慢站起身，惊愕地问："哦，你，你，你是——"侍萍痛切地道出真情："我是从前伺候过老爷的下人。"周朴园终于恍然大悟："哦，侍萍！怎么，是你？"蓦地掀起第四个波澜，把这场戏推向高峰，形成全剧的第二个高潮。继而，又发生侍萍愤怒地撕毁支票，鲁大海与周朴园面对面的斗争。

鲁大海和周朴园针锋相对。鲁大海作为罢工工人代表，到周公馆当面询问周朴园对矿工提出的复工条件的态度。此时，周朴园已从侍萍那儿得知鲁大海就是被他遗弃的儿子，而今自己的亲生骨肉竟然成了自己的仇敌。但是这父子的血缘关系，丝毫没有改变作为煤矿董事长的他对罢工工人代表鲁大海的仇恨。他打量着鲁大海，问他叫什么名字，鲁大海讥笑他摆架子，反问道："您难道不知道我是谁么？"周朴园心怀敌意，说："你？我只知道你是罢工闹得最凶的工人代表。"他压根否认了彼此间的父子血缘关系。周朴园幸灾乐祸地告诉鲁大海，另外三个罢工工人代表已被收买答应复工了，他被开除了。鲁大海义愤填膺，怒斥周朴园卑鄙无耻，揭露其剥削残害工人发昧心财的血腥罪行，诅咒他绝子绝孙。

为了维护周朴园的"尊严"，周萍重重地打了鲁大海两个耳光，并喝令仆人们殴打鲁大海。侍萍目睹父亲残忍地压榨迫害自己的儿子，一奶同胞的哥哥对弟弟大打出手、破口大骂，她忍无可忍，悲愤地痛斥："这真是一群强盗!"侍萍原本渴望见一见被迫离散多年的儿子周萍，以慰苦苦思念的情怀。但当周萍冲向鲁大海打耳光时，她走到周萍面前，叫道："你是萍，——凭，——凭什么打我的儿子?"瞬间，由母亲深情的呼唤变成了势不两立地愤怒质问，她以决绝的态度表示了：不认这个无情无义的儿子!

这场戏表现了血淋淋残酷的阶级压迫和被压迫者的勇敢反抗，雄辩地说明了任何父子、母子、兄弟等血缘关系也调和不了敌对的阶级斗争。敌我较量、阶级搏斗是血缘至亲也阻挡不住的。

名家解读中外文学名著书系

155

对雷发誓

鲁四凤　妈，（不安地）您回来了。

鲁侍萍　你忙着送周家的少爷，没有顾到看见我。

鲁四凤　（解释地）二少爷是他母亲叫他来的。

鲁侍萍　我听见你哥哥说，你们谈了半天的话吧？

鲁四凤　您说我跟周家二少爷？

鲁侍萍　嗯，他谈了些什么？

鲁四凤　没有什么！——平平常常的话。

鲁侍萍　凤儿，真的？

鲁四凤　您听哥哥说了些什么话？哥哥是一点人情也不懂。

鲁侍萍　（严肃地）凤儿，（看着她，拉着她的手）你看看我，我是你的妈。是不是？

鲁四凤　妈，您怎么啦？

鲁侍萍　凤，妈是不是顶疼你？

鲁四凤　妈，您为什么说这些话？

鲁侍萍　我问你，妈是不是天底下最可怜，没有人疼的一个苦老婆子？

鲁四凤　不，妈，您别这样说话，我疼您。

鲁侍萍　凤儿，那我求你一件事。

鲁四凤　妈，您说啦，您说什么事！

鲁侍萍　你得告诉我，周家的少爷究竟跟你——怎么样了？

鲁四凤　哥总是瞎说八道的——他跟您说了什么？

鲁侍萍　不是哥，他没说什么，妈要问你！

　　　〔远处隐雷。

鲁四凤　妈，您为什么问这个？我不跟您说过？一点也没什么。妈，没什么！

　　　〔远处隐雷。

鲁侍萍　你听，外面打着雷。妈妈是个可怜人，我的女儿在这些事上不能再骗我！

鲁四凤　(顿) 妈，我不骗您！我不是跟您说过，这两年——

　　　〔鲁贵的声音:(在外屋) 侍萍，快来睡觉吧，不早了。

鲁侍萍　别管我，你先睡你的。

　　　〔鲁贵：你来！

鲁侍萍　你别管啦！——(对四凤) 你说什么？

鲁四凤　我不是跟您说过，这两年，我天天晚上——回家的？

鲁侍萍　孩子，你可要说实话，妈经不起再大的事啦。

鲁四凤　妈，(抽咽) 妈，您为什么不信您自己的女儿呢？(扑在鲁妈怀里大哭，鲁妈抱着她)

鲁侍萍　(落眼泪) 凤儿，可怜的孩子，不是我不相信你，我太爱你，我生怕外人欺负了你，(沉痛地) 我太不敢相信世界上的人了。傻孩子，你不懂妈的心，妈的苦多少年是说不出来的，你妈就是在年轻的时候没有人来提醒，——可怜，妈就是一步走错，就步步走错了。孩子，我就生了你这么一个女儿，我的女儿不能再像她妈似的。人的心都靠不住，我并不是说人坏，我就是恨人性太弱，太容易变了。孩子，你是我的，你是我唯一的宝贝，你永远疼我！你要是再骗我，那就是杀了我了，我的苦命的孩子！

名家解读中外文学名著书系

鲁四凤　不，妈，不，我以后永远是妈的了。

鲁侍萍　（忽然）凤儿，我在这儿一天担心一天，我们明天一定走，离开这儿。

鲁四凤　（立起）什么，明天就走？

鲁侍萍　（果断地）嗯。我改主意了，我们明天就走。永远不回这儿来了。

鲁四凤　我们永远也不回到这儿来了。妈，不，为什么这么早就走？

鲁侍萍　孩子，你要干什么？

鲁四凤　（踌躇地）我，我——

鲁侍萍　不愿意早一点儿跟妈走？

鲁四凤　（叹一口气，苦笑）也好，我们明天走吧。

鲁侍萍　（忽然疑心地）孩子，你还有什么事瞒着我。

鲁四凤　（擦着眼泪）妈，没有什么。

鲁侍萍　（慈祥地）好孩子，你记住妈刚才说的话么？

鲁四凤　记得住！

鲁侍萍　凤儿，我要你永远不见周家的人！

鲁四凤　好，妈！

鲁侍萍　（沉重地）不，要起誓。

　　　　〔四凤畏怯地望着鲁妈的严厉的脸。

鲁四凤　哦，这何必呢？

鲁侍萍　（依然严肃地）不，你要说。

鲁四凤　（跪下）妈，（扑在鲁妈身上）不，妈，我——我说不了。

鲁侍萍　（眼泪流下来）你愿意记妈伤心么？你忘记妈三年前为

着我的病几乎死了么？现在你——（回头哭泣）

鲁四凤 妈，我说，我说。

鲁侍萍 （立起）你就这样跪下说。

鲁四凤 妈，我答应您，以后我永远不见周家的人。

〔雷声轰地滚过去。

鲁侍萍 孩子，天上在打着雷，你要是以后忘了妈的话，见了周家的人呢？

鲁四凤 （畏怯地）妈，我不会的，我不会的。

鲁侍萍 孩子，你要说，你要说。假若你忘了妈的话，——

〔外面的雷声。

鲁四凤 （不顾一切地）那——那天上的雷劈了我。（扑在鲁妈怀里）哦，我的妈呀！（哭出声）

〔雷声轰地滚过去。

 解读

　　戏剧在第三幕最激烈的冲突是侍萍严厉要求女儿四凤，在雷声中发誓永远"不见周家的人"。二少爷周冲夜晚来鲁家，一是奉母亲之命送钱，再是向四凤倾诉爱慕之情。侍萍从鲁大海口中得知四凤和周冲"谈了半天"，便引起疑虑。当四凤送周冲回来，见母亲已外出归来，正在屋里有所等待的样子时，她心里就有点紧张，便极力掩饰，却让母亲看出来了。她装作没事儿似地和母亲打招呼："妈，您回来了？"侍萍早就急切地等着四凤呢，她冷冷地回答了一句："你忙着送周家的少爷，没有顾到看见我。"这话里深含着言外之意：你的心思全部放在周家少爷身上，眼里哪还有你这个妈！四凤觉察到母亲对自己的怀疑和不满，赶忙解释说："二少爷是他母亲叫他来的。"意思是：他跟我没关系，你不要多心瞎猜疑。侍萍追问她刚才和周冲说些什么，四凤只是一再重复着说："没有什么""他没说什么""一点也没什么"。她不敢把周冲怀着激情，表示要和她一道去追求"我们的世界"的抒情吟咏，说给母亲听。她越是掩饰，支吾搪塞，侍萍越是加重疑心。四凤这样幼稚、笨拙的回避躲闪，充分表现了她的天真、单纯、本分和善良。她知道自己做了最伤害妈妈心的错事，她不敢对妈妈讲，不忍心让妈妈失望和伤心。侍萍再也按捺不住了。于是迂回战上升为一场刺刀见红的"白刃战"。远处传来雷声，侍萍说："你听，外面在打着雷。可怜你的妈，我的女儿在这些事上不能再骗我。"四凤辩解说："妈，我不骗您！我不是跟您说过，这两年，我天天晚上——回家的？"侍萍突然向女儿提出要求："凤儿，我要你永远不见周家的人！"四凤为了让妈妈放心，她爽快地答应着："好，妈！"侍萍仍不放心，让她起誓。四凤害怕了。起誓在那个年月，在侍萍和四凤这样人的心目中，是件十分严肃、特别重大的事、她们毫无疑义地坚信，起誓是向神明承诺，是向上天保证，那是非常灵验的。决不能随随便便视为儿戏。因此她恳求妈妈：我已经答应您不和周家人见面了，您何苦又逼我起誓呢？！可是侍萍为了求得自己放心，更是为了让女儿严格自律，她一点儿也不让步，非让她起誓不可。四凤急得给妈妈跪下，痛切地扑在妈妈怀里，哭着恳求："妈，我——我说不了。"侍萍出于对女儿的爱，出于一个母亲的高度责任感，她步步紧逼："你愿意让妈伤心么？你忘记妈三年前为着你析病几乎死了么？"四凤为了安慰妈妈破碎的心，不使妈妈再为自己操心劳神、寝食不安，她顾不得自己了，哪怕自己真的受到神明、上天的严惩（她是确信这一点的），也要答应母亲，按母亲说的办。这是多孝顺、多善良的孩子呀！于是她发下了可怕的毒誓："那——那天上的雷劈了我。"母女俩的心地都是很善良、无私的。妈妈一心为女儿着想、负责，请神灵、上天帮助她督责自己的女儿；女儿为了宽慰妈妈，为了让妈妈平静地生活，她甘愿舍身为母。然而这两个善良的女性——慈母和孝女——未免太无知、太愚昧了。自己无力排解面临的难心事儿，竟然寄希望于虚无的神明和冥冥的上天，岂不是太可悲了吗！

四凤处于对周萍的爱和对母亲的爱尖锐的矛盾中，终因不能抗拒周萍而违背了自己的誓言，并且被哥哥和母亲发现，她冲出家门，奔向沉沉的雨夜。剧情发展至此，每个剧中人已经欲罢不能，悲剧的结局是不可避免的了。

名家解读中外文学名著书系

玉石俱焚

鲁侍萍　（拿凉水灌四凤）凤儿，好孩子。你回来，你回来。——我的苦命的孩子。

鲁四凤　（口渐张眼睁开，喘出一口气）啊，妈！

鲁侍萍　（安慰地）孩子，你不要怪妈心狠，妈的苦说不出。

鲁四凤　（叹出一口气）妈！

鲁侍萍　什么？凤儿。

鲁四凤　我，我不能不告诉你，萍！

周　萍　凤，你好点了没有？

鲁四凤　萍，我，总是瞒着你；也不肯告诉您（乞怜地望着鲁妈）妈，您——

鲁侍萍　什么，孩子，快说。

鲁四凤　（抽咽）我，我——（放胆）我跟他现在已经有……（大哭）

鲁侍萍　（迫切地）怎么，你说你有——（过受打击，不动）

周　萍　（拉起四凤的手）四凤！怎么，真的，你——

鲁四凤　（哭）嗯。

周　萍　（悲喜交集）什么时候？什么时候？

鲁四凤　（低头）大概已经三个月。

周　萍　（快慰地）哦，四凤，你为什么不告诉我，我，我的——

鲁侍萍　（低声）天哪。

周　萍　（走向鲁妈）鲁奶奶，您无论如何不要再固执哪，都是我错了。我求您！（跪下）我求您放了她吧。我敢保证我以后对得起她，对得起您。

鲁四凤 （立起，走到鲁妈面前跪下）妈，您可怜可怜我们，答应我们，让我们走吧。

鲁侍萍 （不做声，坐着，发痴）我是在做梦。我的儿女，我自己生的儿女，三十年工夫——哦，天哪，（掩面哭，挥手）你们走吧，我不认得你们。（转过头去）

周　萍 谢谢您！（立起）我们走吧，凤！（四凤起）

鲁侍萍 （回头，不自主地）不，不能够！

〔四凤又跪下。

鲁四凤 （哀求）妈，您，您是怎么？我的心定了。不管他是富、是穷，不管他是谁，我是他的了。我心里第一个许了他，我看得见的只有他。妈，我现在到了这一步：他到哪儿，我也到哪儿；他是什么，我也跟他是什么。妈，您难道不明白，我——

鲁侍萍 （指手令她不要往下说，苦痛地）孩子。

鲁大海 妈，妹妹既然是闹到这样，让她去了也好。

周　萍 （阴沉地）鲁奶奶，您心里要是一定不放她，我们只好不顺从您的话，自己走了。凤！

鲁四凤 （摇头）萍！（还望着鲁妈）妈！

鲁侍萍 （沉重的悲伤，低声）啊，天知道谁犯了罪，谁造的这种孽！——他们都是可怜的孩子，不知道自己做的是什么。天哪，如果要罚，也罚在我一个人身上；我一个人有罪，我先走错了一步。（伤心地）如今我明白了，我明白了，事情已经做了的，不必再怨这不公平的天；人犯了一次罪过，第二次也就自然地跟着来。——（摸着四凤的头）他们是我的干净孩子，他们应当好好地活着，享着福。冤孽是在我心里头，苦也应当我一个人尝。他们快活，谁晓得就是罪过？他们年轻，他们自己并没有成心做了什么错。（立起，望着天）今天晚上，是我让他们一块儿走，这罪过我知道，可是罪过我现在替他们犯了；所有的罪孽都是我一个人惹的，我的儿女们都是好孩子，心地干净的，那么，天，真有了什么，也就让我一个人担待吧。（回过头）凤儿，——

鲁四凤　　（不安地）妈，您心里难过，——我不明白您说的什么。

鲁侍萍　　（回转头，和蔼地）没有什么。（微笑）你起来，凤儿，你们一块儿走吧。

鲁四凤　　（立起，感动地，抱着她的母亲）妈！

周　萍　　去，（看表）不早了，只有二十五分钟，叫他们把汽车开出来，走吧。

鲁侍萍　　（沉静地）不，你们这次走，是在黑地里走，不要惊动旁人。（向大海）大海，你出叫车去，我要回去，你送他们到车站。

鲁大海　　嗯。

　　　　　〔大海由中门下。

鲁侍萍　　（向四凤哀婉地）过来，我的孩子，让我好好地亲一亲。（四凤过来抱母；鲁妈向周萍）你也来，让我也看你一下。（周萍至前，低头，鲁妈望他擦眼泪）好，你们走吧——我要你们两个在未走以前答应我一件事。

周　萍　　您说吧。

鲁侍萍　　你们不答应，我还是不要四凤走的。

鲁四凤　　妈，您说吧，我答应。

《雷雨》全新解读

鲁侍萍	（看他们两人）你们这次走，最好越走越远，不要回头。今天离开，你们无论生死，永远也不许见我。
鲁四凤	（难过）妈，那不——
周　萍	（眼色，低声）她现在很难过，才说这样的话，过后，她就会好了的。
鲁四凤	嗯，也好，——妈，那我们走吧。〔四凤跪下，向鲁妈叩头。四凤落泪，鲁妈竭力忍着。
鲁侍萍	（挥手）走吧！
周　萍	我们从饭厅里出去吧，饭厅里还放着我几件东西。〔三人——周萍、四凤、鲁妈——走到饭厅门口，饭厅门开。繁漪走出，三人俱惊视。
鲁四凤	（失声）太太！
周繁漪	（沉稳地）咦，你们到哪儿去？外面还打着雷呢！
周　萍	（向繁漪）怎么你一个人在外面偷听！
周繁漪	嗯，不只我，还有人呢。（向饭厅上）出来呀，你！〔周冲由饭厅上，畏缩地。
鲁四凤	（惊愕）二少爷！
周　冲	（不安地）四凤！
周　萍	（不高兴，向弟）弟弟，你怎么这样不懂事？
周　冲	（莫名其妙地）妈叫我来的，我不知道你们这是干什么。
周繁漪	（冷冷地）现在你就明白了。
周　萍	（焦躁，向繁漪）你这是干什么？
周繁漪	（嘲弄地）我叫你弟弟来给你们送行。
周　萍	（气愤）你真卑——
周　冲	哥哥！
周　萍	弟弟，我对不起！——（突向繁漪）不过世界上没有像

你这样的母亲！

周　冲　（迷惑地）妈，这是怎么回事？

周繁漪　你看哪！（向四凤）四凤，你预备上哪儿去？

鲁四凤　（嗫嚅）我……我？……

周　萍　不要说一句瞎话。告诉他们，挺起胸来告诉他们，说我们预备一块儿走。

周　冲　（明白）什么，四凤，你预备跟他一块儿走？

鲁四凤　嗯，二少爷，我，我是——

周　冲　（半质问地）你为什么早不告诉我？

鲁四凤　我不是不告诉你；我跟你说过，叫你不要找我，因为我——我已经不是个好女人。

周　萍　（向四凤）不，你为什么说自己不好？你告诉他们！（指繁漪）告诉他们，说你就要嫁我！

周　冲　（略惊）四凤，你——

周繁漪　（向周冲）现在你明白了。（周冲低头）

周　萍　（突向繁漪，刻毒地）你真没有一点心肝！你以为你的儿子会替——会破坏么？弟弟，你说，你现在有什么意思，你说，你预备对我怎么样？说！哥哥都会原谅你。〔周冲望繁漪，又望四凤，自己低头。

周繁漪　冲儿，说呀！（半晌，急促）冲儿，你为什么不说话呀？你为什么不抓着四凤问？你为什么不抓着你哥哥说话呀？（又顿。**众人俱看周冲，周冲不语**）冲儿你说呀，你怎么，你难道是个死人？哑巴？是个糊涂孩子？你难道见着自己心上喜欢的人叫人抢去，一点儿都不动气么？

周　冲　（抬头，羔羊似的）不，不，妈！（又望四凤，低头）只要四凤愿意，我没有一句话可说。

《雷雨》全新解读

周　萍　（走到周冲面前，拉着他的手）哦，我的好弟弟，我的明白弟弟！

周　冲　（疑惑地，思考地）不，不，我忽然发现……我觉得……我好像我并不是真爱四凤；（渺渺茫茫地）以前——我，我，我——大概是胡闹！

周　萍　（感激地）不过，弟弟——

周　冲　（望着周萍热烈的神色，退缩地）不，你把她带走吧，只要你好好地待她！

周繁漪　（整个幻灭，失望）哦，你呀！（忽然，气愤）你不是我的儿子；你不像我，你——你简直是条死猪！

周　冲　（受辱地）妈！

周　萍　（惊）你是怎么回事？

周繁漪　（昏乱地）你真没有点男子气，我要是你，我就打了她，烧了她，杀了她。你真是糊涂虫，没有一点生气的。你还是你父亲养的，你父亲的小绵羊。我看错你了——你不是我的，你不是我的儿子。

周　萍　（不平地）你是冲弟弟的母亲么？你这样说话。

周繁漪　（痛苦地）萍，你说，你说出来；我不怕，你告诉他，我现在已经不是他的母亲？

周　冲　（难过地）妈，您怎么？

周繁漪　（丢弃了拘束）我叫他来的时候，我早已忘了我自己，（向周冲，半疯狂地）你不要以为我是你的母亲，（高声）你的母亲早死了，早叫你父亲压死了，闷死了。现在我不是你的母亲。她是见着周萍又活了的女人，（不顾一切地）她也是要一个男人真爱她，要真真活着的女人！

周　冲　（心痛地）哦，妈。

周　萍　（眼色向周冲）她病了。（向繁漪）你跟我上楼去吧！你大概是该歇一歇。

周繁漪　胡说！我没有病，我没有病，我神经上没有一点病。你们不要以为我说胡话。（揩眼泪，哀痛地）我忍了多少年了，我在这个死地方——监狱似的周公馆——陪着一个阎王十八年了，我的心并没有死；你的父亲只叫我生了冲儿，然而我的心、我这个人还是我的。（指周萍）就只有他才要了我整个的人，可是他现在不要我，又不要我了。

周　冲　（痛极）妈，我最爱的妈，您这是怎么回事？

周　萍　你先不要管她，她在发疯！

周繁漪　（激烈地）不要学你的父亲。没有疯——我这是没有疯！我要你说，我要你告诉他们——这是我最后的一口气！

周　萍　（狼狈地）你叫我说什么？我看你上楼睡去吧。

周繁漪　（冷笑）你不要装！你告诉他们，我并不是你的后母。
〔大家俱惊，略顿。

周　冲　（无可奈何地）妈！

周繁漪　（不顾地）告诉他们，告诉四凤，告诉她！

鲁四凤　（忍不住）妈呀！（投入鲁妈怀）

周　萍　（望着弟弟，转向繁漪）你这是何苦！过去的事你何必说呢？叫弟弟一生不快活。

周繁漪　（失了母性，喊着）我没有孩子，我没有丈夫，我没有家，我什么都没有，我只要你说：我——我是你的。

周　萍　（苦恼）哦，弟弟！你看弟弟可怜的样子，你要是有一点母亲的心——

周繁漪　（报复地）你现在也学会你的父亲了，你这虚伪的东

《雷雨》全新解读

西。你记着，是你才欺骗了你的弟弟，是你欺骗我，是你才欺骗了你的父亲！

周　萍　（愤怒）你胡说，我没有，我没有欺骗他！父亲是个好人，父亲一生是有道德的，（繁漪冷笑）——（向四凤）不要理她，她疯了，我们走吧。

周繁漪　不用走，大门锁了。你父亲就下来，我派人叫他来的。

鲁侍萍　哦，太太！

周　萍　你这是干什么？

周繁漪　（冷冷地）我要你父亲见见他将来的好媳妇你们再走。（喊）朴园，朴园！……

周　冲　妈，您不要！

周　萍　（走到繁漪面前）疯子，你敢再喊！

〔繁漪转跑到书房门口，喊。

鲁侍萍　（慌）四凤，我们出去。

周繁漪　不，他来了！

〔朴园由书房进，大家俱不动，静寂若死。

周朴园　（在门口）你叫什么？你还不上楼去睡？

周繁漪　（倨傲地）我请你见见你的好亲戚。

周朴园　（见鲁妈、四凤在一起，惊）啊，你，你——你们这是做什么？

周繁漪　（拉四凤向朴园）这是你的媳妇，你见见。（指着朴园向四凤）叫他爸爸！（指着鲁妈向朴园）你也认识认识这位老太太。

鲁侍萍　太太！

周繁漪　萍，过来！当着你的父亲，过来，给这个妈叩头。

周　萍　（难堪）爸爸，我，我——

周朴园　（明白地）怎么——（向鲁妈）侍萍，你到底还是回来了。

周繁漪　（惊）什么？

鲁侍萍　（慌）不，不，您弄错了。

周朴园　（悔恨地）侍萍，我想你也会回来的。

鲁侍萍　不，不！（低头）啊，天！

周繁漪　（惊愕地）侍萍？什么，她是侍萍？

周朴园　嗯。（厌烦地）繁漪，你不必再故意地问我，她就是萍儿的母亲，三十年前死了的。

周繁漪　天哪！

　　〔半响。四凤苦闷地叫了一声，看着她的母亲，鲁妈苦痛地低着头。周萍脑筋混乱，迷惑地望着父亲和鲁妈。这时繁漪渐渐移到周冲身边，现在她突然发现一个更悲惨的命运，逐渐地使她同情周萍。她觉出自己方才的疯狂，这使她很快地恢复原来平常母亲的情感。她不自主地愧恨地望着自己的冲儿。

周朴园　（沉痛地）萍儿，你过来。你的生母并没有死，她还在世上。

周　萍　（半狂地）不是她！爸，您告诉我，不是她！

周朴园　（严厉地）混账！萍儿，不许胡说。她没有什么好身世，也是你的母亲。

周　萍　（痛苦万分）哦，爸！

周朴园　（尊重地）不要以为你跟四凤同母，觉得脸上不好看，你就忘了人伦天性。

鲁四凤　（向母痛苦地）哦，妈！

周朴园　（沉重地）萍儿，你原谅我。我一生就做错了这一件事。我万没有想到她今天还在，今天找到这儿。我想这只能说是天命。（向鲁妈叹口气）我老了，刚才我叫你走，我很后悔。我预备寄给你两万块钱。现在你既然来了，我想萍儿是个孝顺孩子，他会好好地侍奉你。我对不起你的地方，他会补上的。

周　　萍　（向鲁妈）您——您是我的——

鲁侍萍　（不自主地）萍——（回头抽咽）

周朴园　跪下，萍儿！不要以为自己是在做梦，这是你的生母。

鲁四凤　（昏乱地）妈，这不会是真的。

鲁侍萍　（不语，抽咽）

周繁漪　（笑向周萍，悔恨地）萍，我，我万想不到是——是这样，萍——

周　　萍　（怪笑，向朴园）父亲！（怪笑，向鲁妈）母亲！（看四凤，指她）你——

鲁四凤　（与周萍互视怪笑，忽然忍不住）啊，天！（由中门跑下）
　　　　〔周萍扑在沙发上，鲁妈死气沉沉地立着。

周繁漪　（急喊）四凤！四凤！（转向周冲）冲儿，她的样子不大对，你赶快出去看她。
　　　　〔周冲由中门跑下，喊四凤。

周朴园　（至周萍前）萍儿，这是怎么回事？

周　　萍　（突然）爸，您不该生我！（跑，由饭厅下）
　　　　〔远处听见四凤的惨叫声，周冲狂呼四凤，过后周冲也发出惨叫。

鲁侍萍　四凤，你怎么啦？（同时叫）

周繁漪　我的孩子，我的冲儿！（同时叫）
　　　　〔二人同由中门跑出。

周朴园　（急走至窗前拉开窗幕，颤声）怎么？怎么？

〔仆人由中门跑上。

仆　　人　（喘）老爷！

周朴园　快说，怎么啦？

仆　　人　（急不成声）四凤……死了……

周朴园　（急）二少爷呢？

仆　　人　也……也死了。

周朴园　（颤声）不，不，怎……么？

仆　　人　四凤碰着那条走电的电线。二少爷不知道，赶紧拉了一把，两个人一块儿中电死了。

周朴园　（几晕）这不会。这，这——这不能够，不能够！

〔朴园与仆人跑下。

〔周萍由饭厅出，颜色惨白，但是神气沉静地。他走到那张放大海的手枪的桌前，抽开抽屉，取出手枪，手微颤，慢慢走进右边书房。

〔外面人声嘈乱，哭声、叫声、吵声混成一片。鲁妈由中门上，脸更呆滞，如石膏人像。老年仆人跟在后面，拿着电筒。

〔鲁妈一声不响地立在台中。

老　　仆　（安慰地）老太太，您别发呆！这不成，您得哭，您得好好哭一场。

鲁侍萍　（无神地）我哭不出来。

老　　仆　这是大意，没有法子。——可是您自己得哭。

鲁侍萍　不，我想静一静。（呆立）

〔中门大开，许多仆人围着繁漪，繁漪不知是在哭在笑。

仆　　人　（在外面）进去吧，太太，别看哪。

周繁漪　（为人拥至中门，倚门怪笑）冲儿，你这么张着嘴？你的样子怎么直对我笑？——冲儿，你这个糊涂孩子。

周朴园 （走在中门中，眼泪在面上）繁漪，进来！我的手发木，你也别看了。

老　仆 太太，进来吧。人已经叫电火烧焦了，没有法子办了。

周繁漪 （进来，干哭）冲儿，我的好孩子。刚才还是好好的，你怎么会死，你怎么会死得这样惨？（呆立）

周朴园 （已进来）你要静一静。（擦眼泪）

周繁漪 （狂笑）冲儿，你该死，该死！你有了这样的母亲，你该死！

〔外面仆人与大海打架声。

周朴园 这是谁？谁在这时候打架？

〔老仆下问，立时另一仆人上。

周朴园 外面是怎么回事？

仆　人 今天早上那个鲁大海，他这时又来了，跟我们打架。

周朴园 叫他进来！

仆　人 老爷，他连踢带打地伤了我们好几个，他已经从小门跑了。

周朴园 跑了？

仆　人 是，老爷。

周朴园 （略顿，忽然）追他去，给我追他去。

仆　人 是，老爷。

〔仆人一起下。屋中只有朴园、鲁妈、繁漪三人。

周朴园 （哀伤地）我丢了一个儿子，不能再丢第二个了。

〔三人都坐下来。

鲁侍萍 都去吧！让他去了也好，我知道这孩子。他恨你，我知道他不会回来见你的。

周朴园 （寂静，自己觉得奇怪）年轻的反而走我们前头了，现在就剩下我们这些老——（忽然）萍儿呢？大少爷呢？萍儿，萍儿！（无人应）来人呀！来人！（无人应）你们给我找呀，我的大儿子呢？

〔书房枪声，屋内死一般的静默。

周繁漪　（忽然）啊！（跑下书房，朴园呆立不动，立时繁漪狂喊跑出）他……他……

周朴园　他……他……

〔朴园与繁漪一同跑下，进书房。

解读

　　四凤无论如何也逃脱不了她的悲剧命运，正像她的母亲无法逃脱她的悲剧命运一样。她已怀上了周萍的孩子，所以无限悲痛地哀求妈妈答应她跟周萍走。侍萍的心委实太苦，太难了，周萍和四凤都是自己的亲生骨肉，她不能让这同胞兄妹结为夫妻，但又不能把真情告诉四凤，唯一的办法只能是阻止他俩结合。然而，"生米已做成熟饭"，不能不答应了。她只能低声呼唤"天哪！"暗暗叫苦，深深自责了："他们都是可怜的孩子，不知道自己做的是什么。天哪，如果要罚，也罚在我一个人身上。……罪孽是我造的，苦也应当我一个人尝。"这个善良的旧时代劳动妇女灵魂深处的痛楚，令人真切地看到了旧社会旧家庭对她的巨大伤害。

　　周萍和四凤准备离去时，繁漪带着周冲前来阻止了他们。繁漪把对周萍的爱恋和祈求，一下子变成了刻骨仇恨和疯狂报复，任性地展示了她的毁灭一切的"雷雨"性格，毫无顾忌地当众宣布她和周萍的隐情，愤怒控诉周萍："是你才欺骗了你的弟弟，是你欺骗了我，是你才欺骗了你的父亲！"她不让周萍和四凤走，叫仆人锁上了大门，并把周朴园喊了出来。

　　周朴园一出场，戏剧高潮随之出现了。他看到侍萍"到底还是回来了"，于是冷冷地说："侍萍，我想你也会回来的。"接着，他命令周萍跪下认自己的生母。周朴园的虚伪被戳穿了，他一向标榜的"体面"家庭，"健全"子弟，原来竟如此丑恶、龌龊！至此，剧中的一切隐蔽都真相大白了：原来周鲁两家结下了不解的世代情仇！原来四凤的母亲竟是被周朴园遗弃的"前妻"！原来四凤所钟爱并为之献出贞操的人，竟是自己的胞兄、不认自己生母的逆子！四凤彻底绝望了，她决心以死来控诉荒淫无耻的周家，控诉违逆天理人伦的周萍，控诉这为富不仁的世道！她满腔悲愤地触电身亡；周冲感受到梦幻的破灭，悲观愤世，也死了；周萍作恶多端，终于走上绝路；周朴园痴呆了，繁漪疯狂了。这玉石俱焚的悲剧结局，让有罪的、无辜的一起走向毁灭。剧作以惊雷暴雨摧枯拉朽的伟力和气势，毁坏着旧中国旧家庭，揭露其腐朽罪恶，控诉其吃人本质。

仆人禀报："今天早上那个鲁大海，他又来了。"周朴园看了一下侍萍，说："好，你让他进来。"侍萍说："不用了，他不会来的，他恨你！"说罢昂首返身走出周公馆。这表明：鲁大海和侍萍决不能跟周朴园"和平共处"于同一屋檐下，而只能仇恨愈来愈深，继续斗争下去。用鲁大海的话说，便是"没完，这本账是要清算的"。这是从被压迫被损害被污辱的奴隶口中呼喊出来的反抗声音，韧性战斗，不屈不挠。它预示着以周公馆为代表的剥削制度必然崩溃，同时对未来的光明前途寄予了热切向往和坚定信念。